KB078568

승유 장편 소설
FUSION FANTASTIC STORY

월드 플레이어
WORLD
PLAYER

월드 플레이어 5

승유 장편 소설

초판 1쇄 찍은 날 § 2015년 10월 8일
초판 1쇄 펴낸 날 § 2015년 10월 15일

지은이 § 승유
펴낸이 § 서경석

편집책임 § 고승진

펴낸곳 § 도서출판 청어람
등록번호 § 제387-1999-000006호
등록일자 § 1999. 5. 31
어람번호 § 제1-2250호

주소 § 경기도 부천시 원미구 부일로 483번길 40 서경B/D 3F (우) 14640
전화 § 032-656-4452 팩스 § 032-656-4453
http://www.chungeoram.com
E-mail § chungeorambook@daum.net

© 승유, 2015

ISBN 979-11-04-90448-6 04810
ISBN 979-11-04-90304-5 (세트)

승유 장편 소설

FUSION FANTASTIC STORY

월드 플레이어 ◆5◆

WORLD PLAYER

도서출판 청
람

월드 플레이어
WORLD PLAYER

CONTENTS

제1장
시작(Start)

모든 이들의 시선은 동원에게로 쏠려 있었다.

지금까지 안개 지대에 들어섰던 사람들의 최후는 똑같았다.

들어서는 순간 몸이 녹아내리는 듯한 고통과 함께 비명을 내질렀고, 이내 숨이 끊어졌다. 그리고 얼마 뒤, 인간으로서의 판단 능력과 지성을 상실한 일종의 '좀비'가 되어 나타났다.

포탈 생성 초기 당시, 이대수 기자가 죽는 과정이 생생하게 전파를 탄 이후로 사람들은 안개를 정말 두려워했다. 모든 것을 녹이는 죽음의 안개, 그렇게 여겨졌다.

이미 시온의 안내를 통해 안개에 대한 내성을 확실하게 획득했음을 알고 있으면서도, 동원 역시 안개에 대한 기존의 인식 때문에 살짝 망설이는 모습이었다.

하지만 이내 심호흡과 함께 마음을 정리한 동원은 망설임 없이 첫발을 내디뎠다.

후욱.

묵직한 붉은 안개가 전신을 감싸고, 이내 동원의 시야를 잠식해 들어왔다.

다른 사람이었다면 이 순간 온몸이 녹아내리는 고통 속에 비명을 내질러야 했겠지만, 동원은 보이는 시야 정도만이 붉게 변했을 뿐 별다른 이상이 없는 것을 확인하고는 조금 더 깊숙하게 안으로 들어섰다.

안개 지대는 초창기 포탈 주변의 3~5m 정도의 공간을 잠식하고 있던 것과 달리, 지금은 그 규모가 크게 확장되어 주변 반경 20m가량을 둘러싸고 있었다.

좀 더 안으로 들어섰지만, 이상은 없었다. 이 정도면 내성에 대한 확인은 충분히 끝난 셈이다.

"이상 없다. 들어가자."

말이 끝나기가 무섭게 동료들이 일제히 안개 속으로 파고들기 시작했다. 그 와중에 안개 밖에서 이를 지켜보던 블랙 헌터 클랜원들이 탄성이 터져 나왔다.

그들은 경외 어린 시선으로 동원과 일행들을 바라보고 있었다.

자신들이 소속된 클랜에서 대한민국 최초로 포탈 탐사에 나서는 사람들이 나온 것이다.

대한민국의 스피어러 클랜들은 세간의 화제였다.

그래서 스피어러들도 항상 생존을 위해 고군분투하면서도, 한편으론 자신이 소속된 클랜이 좀 더 유명하거나 위치가 공고한 클랜으로서 성장하길 바랐다.

최근 블랙 헌터의 클랜원들이 부쩍 늘어나고 있는 것도 동원을 위시한 능력 있는 정예 스피어러들이 상당수 블랙 헌터에 포진해 있었기 때문이다.

소리 없이 강한 그들의 진가를 알고 있는 스피어러들은 그렇게 하나둘 블랙 헌터로 모여들고 있는 중이었다.

"아아."

"후아. 내성이 있다는 전제만 있다면, 그냥 안개에 불과했던 거네요. 이 안개에 들어서기까지 정말 오랜 시간이 걸렸어요."

안으로 들어선 동료들이 탄성을 터뜨리고, 서희도 신기한 표정으로 주변을 살피며 말을 이었다.

김윤미는 살짝 긴장한 듯, 상기된 표정으로 이유리의 뒤를 바짝 따르고 있었다.

"뭘 그렇게 긴장해. 어깨 힘 좀 풀어. 걱정할 거 없어."

그런 김윤미가 신경 쓰였는지, 이정우가 김윤미의 어깨를 토닥여주며 그녀의 긴장을 풀어주었다.

"첫 경험이라 자꾸 긴장이 되네요. 죄송해요."

"뭐든지 첫 경험은 긴장하게 되게 마련이지. 이해해. 후후."

첫 경험이라는 단어에 이정우가 괜히 음흉한 미소를 김윤미에게 지어보이며 말했다. 본인은 농담조로 꺼낸 말이었지만, 김윤미는 몸에 닿는 안개 하나하나를 살피며 경계하는 모습이었다.

동료들이 농담을 주고받으며 긴장을 푸는 동안, 동원은 성큼성큼 포탈 앞까지 다가섰다. 안개 지대를 뚫고 안으로 들어가자, 드디어 중앙에 위치한 붉은 포탈이 모습을 드러냈다.

지면을 중심으로 6m가량 솟아 있는 포탈의 전체 모습을 온전히 보게 된 것이다.

지금까지는 모든 스피어러가 안개에 가려진 포탈의 반쪽만을 보았지만, 동원 일행은 달랐다.

포탈은 마치 알파벳 U를 반대로 뒤집어놓은 것과 같은 형상을 하고 있었다. 누가 봐도 출입구로 쓰기에 알맞은 형태의 모습이었다.

포탈은 계속해서 붉은빛 섬광을 뿜어내며, 주변의 공간을 이글거리게 만들고 있었다. 마치 뜨거운 여름, 도로 위의 풍경을 보는 듯했다.

"다시 한 번 점검해. 넘어가는 순간, 전투가 벌어지게 될 수도 있어."

"준비 끝났습니다. 완벽합니다."

"준비 끝났어요."

동원은 동료들의 준비가 혹시나 되어 있지 않을까 걱정했지만, 괜한 걱정이었다. 이미 모두 만반의 준비가 된 상태였다.

"간다."

동원의 한마디와 함께 동원이 빠르게 포탈을 향해 걸어가기 시작했다. 움직임에는 거침이 없었고, 망설임도 없었다.

딸깍.

동원은 바로 중력 폭탄의 안전핀을 떼어냈다.

넘어가는 순간 바로 교전이 펼쳐진다면 시간을 조금이라도 벌 수 있는 중력 폭탄이 가장 먼저 필요했기 때문이다.

탁, 탁, 탁.

세 걸음 정도의 움직임이 더 이어지고, 드디어 포탈이 코앞에 다가왔다.

"후우."

짧고도 굵은 뜨거운 숨결. 그것이 끝이었다. 동원은 미련 없이 포탈 속으로 몸을 밀어 넣었다.

*   *   *

우르르르릉, 쾅! 쾅! 쏴아아아아아.

"……."

영화 속에서 익히 보았던 일은 벌어지지 않았다.

영화 속에서 보통 포탈이라든가, 웜 홀과 같은 차원 간의 통로를 지나게 되면 한없이 추락하는 느낌이라던가, 불가 항력의 힘으로 어디론가 빨려가는 느낌이나 배경을 보게 되게 마련이다.

동원도 내심 그런 것을 생각했었다. 유치한 생각일지도 모르지만.

포탈 안으로 들어서는 순간, 바로 다른 세계가 펼쳐졌다. 천둥 소리와 함께 장대비가 쏟아지고 있었지만, 다른 세계임을 알아차리는 데 걸리는 시간은 그리 오래 걸리지 않았다.

우선 먹구름 가득한 하늘에는 양옆으로 밝게 빛나는 두

개의 광원이 있었다. 구름이 끼어 있어 형상을 제대로 볼 수는 없었지만, 태양과 같은 것이 두 개가 있음은 확실해 보였다.

먹구름 뒤에서 밝게 빛나는 개체가 둘 있었기 때문이다.

그리고 정면에는 저 지평선 너머로 정말 하늘을 찌를 듯이 솟아 있는 거대한 산도 보였다. 높이까지 가늠할 수는 없어도 보는 것만으로도 그 위용을 짐작할 수 있는 산이었다.

동원이 주변을 살피는 동안, 동료들이 빠르게 안으로 들어섰다. 그리고 하나둘 말을 이어가기 시작했다.

동원은 우선 쓸 필요가 없어지게 된 중력 폭탄을 멀리 던졌다.

포탈 입구에서부터의 전투를 예상했지만, 들어서니 황량한 벌판 위였다.

주변에 보이는 것들은 튜토리얼과 퀘스트 등을 통해 익히 보았던 보랏빛, 푸른빛의 식물들이었다. 그것도 제대로 자라지 못해 말라비틀어진 것들이 많았고, 보이는 곳 대부분이 생기가 부족한 것들로 채워져 있었다.

"예상은 했지만, 역시 포탈에서 걸러져 버렸네요. 촬영이라도 해갈까 했는데."

서희가 아무것도 없이 텅 비어버린 자신의 오른손 쪽을

바라보며 말했다. 안개 지대 내에서는 그 어떤 전자 장비, 촬영 장비가 동작을 하지 않는다는 것은 예전부터 알고 있었다.

하지만 포탈 너머로 가면 가능하지 않을까 생각하고 챙겨왔던 그녀지만, 포탈을 넘어가는 과정에서 아예 촬영 장비가 사라져 버렸다. 소멸된 것이다.

"후, 이거 예상했던 것과는 좀 다른데. 이곳이 본거지는 아닌 건가?"

이정우가 휑한 주변을 어리둥절하게 살피며 말했다.

"잠시만."

동원이 일행들이 움직이지 않도록 제지하고는 다시 포탈 쪽으로 향했다. 그리고 포탈을 통해 안으로 들어섰다.

그러자 바로 지구, 그러니까 동원이 입장했던 쪽의 배경이 드러났다.

그리고 뒤로 돌아 다시 포탈 안으로 들어서니, 이내 이곳의 배경이 보였다.

이 포탈이 연결점인 것은 확실했다. 즉, 몇 시간 전까지는 많은 수의 변이체들이 바글거리며, 포탈을 넘어가려 준비했던 장소임은 분명하다는 것이다.

"우선은 이동해 보자. 지금으로서는 움직이면서 계속 정보를 모으는 게 최선이야. 각자 거리를 적당히 유지하면서 이동하되, 특이점이 발견되면 바로 신호를."

"예, 알겠습니다."

동원의 명령이 떨어지기가 무섭게 일행들이 대열을 벌리며 이동하기 시작했다. 김윤미는 기다렸다는 듯이 백랑을 소환했다.

백랑의 장점은 사람과는 비교도 안 될 정도로 우수한 신체 능력을 가지고 있음과 동시에 백랑의 시야로 확인되는 것들이 김윤미에게도 링크된다는 점이었다.

그리고 백랑이 설령 죽는다고 하더라도, 별도의 대기 시간만 지나면 얼마든지 소환할 수 있었다.

물론 그 대기 시간 안에 자신을 지킬 힘이 상당히 부족하기 때문에, 김윤미에게 있어 백랑을 잃는다는 건 힘의 8~9할을 잃는 것이나 다름없기는 했다.

"최대한 조용히, 알았지? 가자, 백랑아."

파팟! 팟!

김윤미가 머리를 쓰다듬어 주며 필요한 메시지를 전달하자 백랑이 이해한 듯 고개를 끄덕였다. 그리고 빠른 걸음으로 달려 나가며, 저 멀리로 사라졌다.

몸은 상당히 빠르게 움직이고 있었지만, 처음 달려 나갈 때 들렸던 바람 소리를 제외하고는 정말 조용했다. 사뿐사뿐한 발걸음, 하지만 속도는 매우 빨랐다.

김윤미는 백랑과의 링크(Link) 상태를 유지하는 데 집중하면서, 백랑의 시야로 확인되는 것들을 빠르게 파악하고 있었다.

동원 일행은 계속해서 이동했다.

이동하면서 마주친 이 세계, 이 행성의 광경들은 지구와 유사한 듯하면서도 달랐다.

하루 종일 쏟아질 것 같던 장대비는 어느새 멈췄고, 날이 흐리긴 했어도 먹구름 일부가 걷히며 맑은 하늘이 조금씩 드러나기 시작했다.

지구에서의 하늘은 '하늘색'이라는 말이 있을 정도로 푸른빛에 가깝지만, 이곳의 하늘은 포탈, 안개를 통해 익히 보았던 색깔. 바로 붉은색이었다.

마치 늦은 오후, 저녁노을로 물든 하늘을 보는 느낌이었는데 태양 두 개가 중천에 떠 있는 것으로 봐서는 저녁이라 할 수는 없었다.

그리고 하늘을 수놓고 있는 구름들의 이동 속도도 상당했다. 지상에서도 계속해서 바람이 불고 있었는데, 대기의 흐름은 더욱 빠른 듯했다.

그래서인지 맑아지는 듯하다가도 어두워졌다가, 다시 빗발이 날리다가 사라지기를 반복하는 변화무쌍한 날씨가 이어졌다.

잠깐 맑은 하늘이 나타났을 때, 동원 일행은 하늘에 있던 두 개의 광원 외에 또 하나의 형체를 확인할 수 있었다.

마치 붉은 하늘 한가운데 그려놓은 것처럼, 손을 뻗으면 닿을 것 같은 거리에 있는 듯한 큰 위성이 보였다.

지구로 따지면 달과 유사한 위성일 터. 그 위성은 동전 하나 정도 되는 크기로 보이는 달과 달리, 양손으로 팔을 모아 만든 원보다도 커 보일 정도로 가깝고 크게 보였다.

"폭풍전야인가. 너무 조용한데. 아니면 다른 이유가 있을까?"

동원은 생각보다 조용한 주변의 광경에 계속해서 이상함을 느끼고 있었다.

그나마 지면에 남아 있던 발자국들을 따라서 이동하고 있었지만, 아무것도 나타나고 있지 않으니 답답했던 것이다.

이대로 정처 없이 이동하다가는 김단비를 비롯한 납치된 민간인들을 놓칠 공산이 컸다.

바로 그때.

동원이 눈앞에 보이던 거대한 바위 뒤에서 꿈틀거리는 무엇인가를 발견하고는 재빠르게 이동했다. 무언가가 엎어져 있었던 것이다.

팔딱, 팔딱.

단숨에 움직인 자리에는 불과 몇 시간 전, 포탈을 넘어 공격에 참여했던 것으로 보이는 점막으로 둘러싸인 인간의 변이체가 있었다.

한데 뭔가 이상했다.

몸에 별다른 상처나 외형상의 문제는 없음에도 불구하고, 이미 숨이 거의 끊어진 것으로 보이는 변이체는 머리와 위로 뻗고 있는 오른손을 제외하고는 마치 말라비틀어진 나무껍질처럼 몸이 쪼그라들어 있었다.

부릅뜬 두 눈, 그리고 생기가 남아 있는 오른손만이 까딱거리며 끊어져 가는 마지막 숨을 보여주고 있을 뿐이었다.

"이들에게도 어떤 안전 지대 같은 게 있는 걸까?"

동원은 변이체의 생기가 있는 위치와 생기가 없는 위치를 기점으로 확연하게 달라진 지면 위의 광경을 보고는 생각에 잠겼다.

마치 어떤 선이 있는 것처럼⋯ 변이체가 멀쩡한 신체 부위를 가지고 있는 공간, 딱 그 위로부터 이제 막 새싹이 돋아나기 시작한 식물부터 시작해서 식생이 달라지고 있었던 것이다.

동원 일행은 계속 북쪽으로 이동했다.

황량했던 지대를 벗어나자 제법 생기가 도는 광경들이 펼쳐졌다. 하지만 유독 바람이 심하게 불었는데, 갑자기 광풍이 불어닥치는 게 아니라 꾸준하게 강한 바람이 불었다.

그런 탓인지 황량했던 모래 지대에서 시작된 거대한 모래바람이 몇 번이고 동원 일행을 휩쓸고 지나갔다.

마치 사막 지대에서 저 멀리서부터 밀려오는 모래바람을 마주하는 듯한 느낌이었다.

"저쪽으로 가자."

동원이 북동쪽으로 보이는 산지를 가리켰다.

계속해서 평평한 길이 펼쳐져 있는 다른 방향과 달리, 그쪽은 산이 하나 솟아 있었다. 동원은 누군가와 마주할 수 있다면, 아무것도 보이지 않는 이쪽보다는 저쪽이 나을 것이라 판단했다.

동료들은 망설임 없이 이동했고, 빠르게 산지로 접어들기 시작했다.

제2장
다른 세계

　"스피어가 없으니 뭔가 이상하네요. 게다가 생각해 보니 이곳에 있는 동안은 스피어에서 랭크와 단계를 올릴 수 없어요. 그러니 신중하게 생각해야 하는 면도 있는 것 같아요."

　산지로 접어들 무렵, 서희가 적막을 깨고 말을 꺼냈다. 그 말에 모두가 고개를 끄덕였다.

　포탈 너머의 세계, 이곳의 특징은 바로 스피어 시스템이 적용되지 않는다는 것.

　그래서 스피어의 입장에 관련된 절대 시간과 대기 시간

으로부터 자유로웠지만, 동시에 양날의 검이기도 했다.

이곳에 있는 동안은 스피어에 링크되지 않으니, 더 강해질 수 있는 방법을 잃는 것과도 같다.

그래서 마냥 포탈 너머의 공간을 탐사하는 것에만 신경을 쓸 수도 없었다.

그리고 스피어와 달리, 이곳에 흐르는 시간은 지구에서도 똑같이 흐르는 만큼 오랜 시간을 마음 놓고 있을 수도 없었다.

지구에서 어떤 일이 벌어질지는 여기서 알 수 없기 때문이다.

"잠시."

동원이 손을 들어 일행들의 움직임을 제지했다. 지면에 떨어져 있는 무언가가 보였기 때문이었다.

동원이 조심스럽게 몸을 낮춰 살펴보니 운동화였다. 남자의 것으로 보이는 270 정도 사이즈의 러닝화.

유명 메이커의 러닝화로 한눈에 봐도 지구에서 온 것이 확실해 보이는 물품이었다.

동원이 신발 안쪽으로 손을 넣어 보니, 아주 약간이지만 체온도 남아 있는 것 같았다. 혹은 그 느낌이라든가.

"방향은 잘 잡은 것 같다. 확실히 저쪽에 있어."

동원이 눈앞에 보이는 산을 가리켰다.

저들이라고 마냥 납치한 민간인들을 데려다가 계속 달리고만 있지는 않았을 터.

분명 본거지가 있을 가능성이 높았다.

"이제부터는 힘을 바짝 넣는 게 좋겠군."

이정우가 양쪽 다리를 차례대로 털어내며, 강풍에 살짝 굳어져 오는 몸을 풀었다.

모두가 임박한 전투를 체감한 듯 자세를 고치며 몸을 재차 푸는 모습이었다.

빠직, 빠지지지직.

동원이 들고 있는 스태틱 건틀릿도 언제든 전류를 방출할 수 있도록 예열을 마친 모습이었다.

B랭크에 진입하게 되면 정들었던 이 녀석과도 이별하고, 새로운 건틀릿을 갖출 생각이었다. 생각보다 괜찮은 것들이 많았기 때문이다.

추적은 계속됐다.

움직일 때마다 민간인들의 흔적이 조금씩 발견됐다.

의도한 것인지 아닌지는 몰라도 일정한 거리를 이동할 때마다 마치 방향을 가리키듯 물건이 떨어져 있었고, 동원 일행은 드디어 산 중턱에서 아래로 이어지는 비탈길에서 원하던 광경과 마주할 수 있었다.

하늘은 어느새 저녁이 되었는지 어둑어둑해져 가고 있었고, 걷힌 구름 사이로 큼지막한 위성이 모습을 드러내고 있었다.

"······."

"제대로 찾아온 것 같아요."

동원이 아래로 보이는 광경을 유심하게 지켜보고 있자, 옆에 서 있던 이유리가 입술을 질끈 깨물며 말했다.

예감은 틀리지 않았고, 결과는 적중했다.

산길 아래로 보이는 분지 지대에는 다수의 변이체들이 있었다.

대다수의 변이체들이 눈에 익는 것들이었지만, 유독 신경 쓰이는 몇몇 개체들이 있었다.

변이체들은 통제를 받는 듯, 붉은 피부를 한 개체가 손가락질을 하며 무어라 나무라는 깃에 연신 고개를 숙이며 사죄하는 듯한 자세를 취하는 모습이었다.

붉은 피부를 한 개체들의 수는 많지 않았지만, 한눈에 보기에도 이 분지 지대에 있는 변이체들을 컨트롤하는 것이 확실해 보일 정도로 관계가 맺어져 있었다.

그리고 지대의 오른쪽에서 동원 일행이 찾고 있었던 민간인들의 모습이 드러났다.

그들은 마치 닭장 속에 갇힌 닭처럼 얼기설기 이것저것

을 모아 만든 틀 안에 갇혀 있었는데, 그 안에서 동원은 김단비의 모습을 확인할 수 있었다.

변이체들이 묻힌 용액으로 인해 온몸이 흠뻑 젖어 있는 그녀는 겁에 질린 눈빛으로 계속해서 틀 밖을 살피다가 이내 고개를 푹 숙이고는 눈물을 흘렸다.

무릎을 당겨 끌어안고 앉은 그녀는 고개를 푹 숙인 채 계속 몸을 들썩였고, 하염없이 눈물을 흘리고 또 흘리고 있었다.

"하아……."

황찬성의 긴 한숨이 터져 나왔다.

욱하는 마음에 뛰쳐나가려던 몸이 살짝 멈칫하고는 말았다.

김단비를 구하러 온 것이었지만, 황찬성은 자신의 감정 하나만 생각하고 움직여서는 안 된다는 것을 너무나도 잘 알고 있었다.

김단비를 구하고 싶은 마음은 굴뚝같았지만, 동원의 명령이 있기 전까지는 참을 생각으로 자신의 마음을 누르고, 또 눌렀다.

하지만 마음이 초조해지는 것은 어쩔 수 없었다.

"동원 씨, 어떻게 할까요?"

"전투를 길게 끌어서 좋을 건 없습니다. 여기서 머무를

수도 없어요. 빠르게 인질들을 구출하고, 바로 빠져나와야
합니다."

동원은 동선을 길게 보지 않았다.

이곳에 대한 정보는 전무하다.

지금 눈앞에 보이는 것은 일부 변이체들과 붉은 피부의
개체들이었으나, 언제 어디서 얼마만큼의 지원군이 나타나
거나 도착할지는 알 수 없었다.

포탈 너머의 세계에 별도의 전진 기지를 구축한 것도 아
니고, 이곳은 그야말로 미지의 세계였다.

우선은 이 정도의 정보만 확인한 것으로도 첫 탐사치고
는 적절했던 것이다.

"신속하게 감옥 근처를 정리할 수 있는 유리와 규현, 윤
미 씨와 찬성이가 저쪽을 맡는다. 우리는 감옥 방향으로 달
려들 것이 확실한 나머지 놈들을 막고."

동원이 팀원들을 배분했다.

광역 기술, 혹은 폭발적인 순간 공격으로 빠른 클리어가
가능한 이유리와 규현, 김윤미를 감옥 쪽으로 보냈다.

한시라도 빨리 주변을 정리하고, 인질들을 구해야 하기
때문이다.

황찬성을 보낸 것은 단비와 그의 관계를 알고 있기에 넣
은 배려였다.

그리고 동원과 이정우, 서희와 황찬열은 지대 중앙에 위치한 변이체들과 문명체로 보이는 붉은 피부의 개체들이 오는 것에 대해 대비하기로 했다.

일종의 후위대와 같은 것이다. 이유리를 위시한 구출대가 인질들을 구해 빠져나가는 동안, 뒤에서 추격해 올 녀석들을 상대하는 것이다.

날은 어두웠지만, 동원은 지금이 적기라고 판단했다.

어둡기 때문에 시야가 넓지 못했지만, 그것은 저쪽도 마찬가지였다.

동원은 시간을 길게 끌고 싶지 않았다.

시간을 끌어도 지원군을 기대할 수 없는 동원 일행과 달리, 저 녀석들은 이곳이 자신들이 사는 세상이고 무대였으니까.

판단은 냉정하게 할 필요가 있었다.

"구출이 끝나면, 구출조는 미련 없이 포탈 쪽으로 달린다. 우리가 온 동선 그대로 돌아가는 거다. 전투조가 밀리거나 위험에 처했다고 해서 이동을 늦춰선 안 돼. 그러면 전부 죽는다."

"알겠습니다."

"가자, 망설일 것 없이."

동원의 명령에 모두가 고개를 끄덕였다.

지금부터는 속도전이었다. 얼마만큼 빠르게 인질들을 구출하고 떠나는가의 문제였다.

*　　　*　　　*

산길을 따라 빠르게 내려가며, 동원은 붉은 피부의 문명체들에게서 시선을 떼지 않았다.

동원이 브리그 어를 학습하게 만들었던 푸른 피부의 문명체들은 이들과는 조금 다른 것 같았다.

피부에서 드러난 차이도 있지만, 일단 느껴지는 기운부터가 달랐다.

게다가 거의 대부분의 부위의 옷을 탈의하고 있었던 '브리그' 문명체와 달리, 이들은 저마다 갑주와 비슷한 것을 착용하고 있었다.

갑주는 반짝반짝 빛나며 아주 옅은 보호막 같은 것을 형성하고 있었는데, 일반적으로 생각할 수 있는 중세 시대의 갑옷 같은 것과는 차이가 있어 보였다. 느껴지는 다른 기운이 있기 때문이다.

어쨌든 이들은 차원 간의 포탈을 열어 지구를 공격해 오기 시작한 문명이었다.

눈에 보이는 외형은 지구의 중세 시대와 유사한 복색일

지 몰라도, 문명의 수준만 놓고 본다면 훨씬 우월한 존재들
이라 생각했다.

　차원 간의 길을 열었으니까.

　동원은 다시금 두 주먹을 불끈 쥐었다. 방심할 생각도,
그럴 여유도 없었다.

＊　　　＊　　　＊

　휘리리릭, 푹!

　"끄헥!"

　전투의 시작은 이유리가 가장 먼저 열었다.

　원거리에서 날아든 화살이 가슴에 명중하자, 변이체 하
나가 고통스런 표정으로 허공에 손을 휘젓다가 앞으로 고
꾸라졌다.

　죽으면 점점 녹아 없어지며 스피어로 변하는 지구에서와
달리, 이곳의 변이체들은 죽으면 쓰러지는 것으로 끝이 났
다.

　이제 이 시체 위에 안내자로부터 지급받은 변환 장치를
가져다 대고 인식 절차를 거쳐야 스피어가 포인트로 회수
되는 것이다. 별도의 처리 장치인 셈이다.

　비명이 터져 나오자, 모든 시선이 집중됐다. 전투의 시작

이었다.

분지 지대에 위치하고 있는 변이체들의 수는 300마리가
넘었다.

비록 개개인의 전투력은 약하다고 할지라도 움직임은 신
속할수록 좋았다.

이유리의 속사를 시작으로 규현과 김윤미의 백랑이 변이
체들 사이를 파고들기 시작했고, 황찬성은 뒤도 돌아보지
않고 감옥 쪽으로 향했다.

*　　　*　　　*

"얼티밋은 모두들 아껴. 신호하면 그때 사용하자. 서희
씨는 최대한 아껴요. 가장 필요할 때, 한 번에 정리할 수 있
으니까."

"알겠어요."

"하아아앗!"

동원이 서희에게 당부를 마치고는 변이체들 사이로 뛰어
들었다.

저 멀리서 붉은 문명체들이 오는 것이 보인다.

동원은 갑작스런 공격에 당황한 듯이, 겁을 집어먹은 기
색이 역력한 변이체들의 얼굴에 그대로 카운터를 먹여주

었다.

침입자가 나타나자, 문명체들은 상당히 당황한 모습이었다.

지금까지 단 한 번도 나타난 적 없었던 포탈 너머의 개체들이 이곳에 모습을 드러냈기 때문이다.

일방통행이라 생각했던 것이 양방 통행으로 바뀌었다는 사실이 동원 일행과의 조우로 확실해졌고, 그들은 적잖이 당황한 기색을 보이며 응전했다.

이정우와 서희, 그리고 황찬열이 변이체들과 교전을 벌이는 동안, 동원은 문명체들을 향해 달려들었다.

여기서 시선을 확실하게 끌어줘야 구출조가 안전하게 인질들을 구출할 수 있었다.

시선을 집중시키기 위해서는 반드시 필요한 움직임이었다.

동원은 만약의 경우에 대비해 아머 슈트의 특수 능력을 미련 없이 소진할 요량으로 달려들었다.

이들의 공격 방식이나 패턴, 그 어떤 정보도 알려진 것이 없었기 때문이다.

아니나 다를까, 동원이 접근해 오자 문명체 중 하나가 동원을 향해 손을 뻗었다.

"설마······."

그롯세드르!

문명체가 손을 뻗으며 무어라 중얼거리는 순간, 동원을 향해 펼쳐 보인 손바닥에서 보이지 않는 기운이 일렁였다.

동원은 반사적으로 몸을 숙였다.

그리고…….

퍼어어어어엉!

"크윽!"

불과 1초도 채 되지 않아, 방금 전까지 동원의 얼굴이 있던 자리를 강력한 일직선의 기운이 훑고 지나갔다.

마치 보이지 않는 파동을 이용한 공격과 같았다.

퍼석!

잠깐의 딜레이를 두고 펼쳐진 공격은 위력적이었다.

동원의 뒤에서 접근해 오던 변이체가 문명체의 파동 공격에 노출되자, 그대로 온몸이 고깃덩이로 산산조각이 나며 사라졌던 것이다.

동원이 정통으로 이 공격을 맞았더라면 바로 특수 능력이 한차례 날아갔을 정도의 공격이었다.

*　　　*　　　*

가르가랏!

문명체는 동원에게 무어라 외치고는 빠르게 몸의 위치를
뒤로 이동시키며, 다시 동원을 향해 손을 뻗었다.

캐스팅에는 약간의 시간이 걸리는 것 같았다. 손을 뻗고,
공간을 왜곡을 일으킨 뒤에야 타격이 들어오는 느낌이었
다.

한 번의 공격 패턴을 보았으니, 어떤 형태로 공격을 하는
지는 충분히 짐작할 수 있었다.

동원은 빠르게 문명체에게로 달려들었다.

지이이이잉, 파앗!

동원이 자세를 낮추며 쇄도해 들어오자, 문명체의 공격
이 허망하게 허공을 갈랐다. 공격 하나하나가 위력적인 것
은 사실이었지만, 반응 속도는 좋지 못했다.

뻐어억!

카운터가 발동된 상태로 동원이 어퍼컷을 후려치니, 그
대로 문명체의 몸이 공중으로 떠올랐다.

동원은 그 상태로 중심을 잃고 지면으로 떨어지는 문명
체의 얼굴에 다시금 주먹을 박아 넣었다.

그러자 포물선을 그리며 날아간 문명체의 몸이 지면을
어지럽게 나뒹굴었다.

가세르, 가세르아!

왜소하고 약해 보이는 외형과 달리, 동원의 일격이 그대

로 명중했음에도 불구하고 문명체는 다시 몸을 일으켜 동원을 노려보았다.

그의 눈빛에는 살기가 가득했다. 잔뜩 화가 난 눈치였다.

그리고는 양손을 한데 모은 뒤, 검지만 앞으로 펼친 채로 동원을 향해 총을 쏘듯 무엇인가를 조준했다.

지이이잉, 파아앗!

"크윽, 제길!"

이번에는 더 빨랐다.

방금 전과 달리, 손을 모으고 손가락의 방향을 향하는 순간 일직선으로 파동 공격이 이어졌다.

범위는 딱 동원에게 닿을 만큼 짧았지만, 귓가를 때리는 파장만으로도 그 위력을 짐작할 수 있을 정도였다.

단계적으로 각성을 하듯, 강해지는 공격.

동원은 공세의 수위를 좀 더 높여야 할 필요성을 느꼈다.

빠르게 시선을 돌려 주변을 살펴보니, 문명체와 마주친 이정우와 황찬열도 분전 중이었다.

서희는 계속해서 위치를 재조정해 가며, 문명체와 원거리 전을 펼치고 있었다.

구출 자체는 일단 성공적으로 이뤄진 것 같았다.

틀 근처를 지키고 있던 변이체들이 일거에 섬멸됐고, 무너진 틈새를 따라 인질들이 달려 나오고 있었다.

황찬성은 흐느끼며 울고 있는 김단비를 끌어안은 채 전
력으로 질주하고 있었다.

"더 버텨?"

"지금 빠지면 공격 범위 안에 민간인들까지 들어가게 돼.
여기서 시간을 더 끈다!"

이정우의 물음에 동원이 망설임 없이 답했다.

그러자 이정우도 미련 없이 다시 공세를 높여가며, 문명
체 공략에 나섰다.

공방전은 계속됐다.

시간이 흐르면 흐를수록 문명체의 공격은 더 빨라지고,
강해졌다.

움직임 자체도 빨라지는 모습이었다.

그나마 다행인 것은 아직 지원군이라 할 만한 전력이 나
타나지는 않았다는 점이었다.

주둔지 내에서 달려온 변이체들은 충분히 상대할 만한
것들이었고, 동원 일행은 계속해서 문명체들을 몰아붙이며
수세로 밀어 넣었다.

케흑!

첫 희생자가 나왔다.

동원이 상대하던 문명체가 결국은 동원이 급소를 노
리고 날린 회심의 카운터를 버텨내지 못하고 숨을 거둔

것이었다.

동원은 미련 없이 장치를 가져다 댔고, 장치가 빠르게 문명체의 몸을 스캔하더니 이내 100이라는 숫자를 장치의 액정 위에 표시했다.

100스피어를 획득했다는 안내였다.

와아아아아아악!

"슬슬 빠질 때가 된 것 같군."

바로 그때.

분지 지대의 북쪽.

그러니까 동원 일행이 넘어온 남쪽이 아닌 북쪽 지대에서 괴성과 함께 거구의 변이체들이 모습을 드러냈다.

눈에 익은 외형이었다.

오염 지대에서 로드(Lord)의 앞을 지키고 있었던 10마리의 미노타우로스들.

그 녀석들과 흡사하게 생긴 것들이 능선을 따라 아래로 전력 질주하고 있었던 것이다.

끄에에에에엑!

그러는 사이, 이정우의 공격에도 문명체 하나가 숨을 거뒀다.

그들의 공격은 강력했지만, 그만큼 몸은 약했다.

몸을 두르고 있던 실드는 동원이나 이정우 같은 스피어

러들의 공격을 오래 버텨 내지는 못했다.

"빠지자. 이제는 우선 구출조를 따라서 최대한 붙는다. 전부 후퇴!"

말이 끝나기가 무섭게 이정우와 황찬열, 서희가 신속하게 후퇴하기 시작했다.

황찬열, 서희와 교전을 벌이고 있던 문명체들도 썩 상태가 좋진 않았다.

특히 황찬열에게 잡기가 제대로 걸린 문명체는 이미 두 다리가 부러진 상태라 움직이지도 못한 채, 허공에 대고 계속해서 파동 공격만 쏠 뿐이었다.

물론 닿지도 않았다.

"안전 지대까지 빠지면 저 녀석들도 쫓아오지 못할 거야. 우리가 안개를 함부로 넘을 수 없었듯이, 저 녀석들에게도 그 공간은 위험한 곳일 거다."

동원은 다시금 동료들에게 그때의 광경을 상기시켰다. 그러고는 계속해서 뒤를 살폈다.

이미 추격이 시작되고 있었고, 미노타우로스들은 육중한 몸과는 달리 매우 빠른 속도로 이쪽을 향해 돌진해 오고 있었다.

당시 오염 지대에서 만났던 미노타우로스들은 동선이 길지 않긴 했다. 그래도 움직임 자체는 점점 빨라지는 경향이 있었다.

마치 투우사와 소를 보는 것처럼, 더욱 광폭해지고 빨라졌다.

처음에는 천천히 시동을 거는듯했던 미노타우로스들은 분지 지대의 능선을 따라 움직이며, 점점 가속을 붙이는 모습이었다.

"형님, 어떻게 할까요?"

앞서 달려가고 있는 황찬성의 목소리가 들려왔다.

뒤에서 바짝 따라붙고 있는 미노타우로스들이 마음에 걸리는 모양이었다.

"뭘 어떻게 해? 계속 달려. 뒤도 돌아보지 말고!"

지금은 마음 편하게 어딜 둘러보거나 정탐할 새가 없었다.

첫 탐사는 이것으로도 충분했다.

서희는 계속해서 전방으로 파이어 볼을 전개했다. 활활 타오르는 화염 구체가 공중에서 포물선으로 날아가는 길을 따라, 아래가 환히 밝혀졌다.

어느새 밤이 되어버린 시간, 사위는 어두웠다. 당연히 시야도 좁았다.

그래서일까?

점점 분지 지대에서 멀어지기 시작하자, 추격해 오던 미노타우로스의 모습도 더 이상 보이지 않았다.

그 대신 느껴지는 지축의 울림만이 여전히 이루어지고 있는 추격을 짐작케 할 뿐이었다.

제3장
교전

그와아아아아아악!

"다시 응전한다!"

사정권이라 할 수 있을 만한 거리까지 미노타우로스가 거리를 좁혀오자, 동원을 포함한 전투조들이 방향을 틀었다.

다시 시간을 끌어야 했다.

스피어러들은 비교적 체력이 좋은 편이었지만, 구출된 인질들은 대부분이 그러지 못했다.

가벼운 김단비야 황찬성이 업고 어떻게든 뛰었다고 쳐

도, 남은 사람들이 문제였다.

힘들게 여기까지 온 마당에 민간인들의 희생이 생기게 되면 모든 것이 무의미해진다.

동원은 민간인들이 전투에 휘말리는 것을 막기 위해, 방향을 돌려 미노타우로스를 맞이했다.

시간을 지연하려면 방법이 없었다.

앞으로 20분 남짓한 시간을 달리면 안전 지대로 예상되는 곳까지 도달할 수 있었다.

그 전에 또 한 번의 전투는 불가피했다.

"쓸까요?"

서희가 동원을 향해 눈빛을 보냈다.

아직 모두에게는 얼티밋이 남아 있었다. 동원은 고개를 저었다.

"버틸 수 있을 만큼 버틴 다음에 쓰죠. 어떤 상황이 벌어질지는 알 수 없는 거니까."

"알겠어요."

"하아아아앗!"

동원이 일갈하며 미노타우로스에게로 달려들었다.

오염 지대에서 만난 뒤, 얼마 되지 않아 만난 녀석은 동족 간에 크게 다를 것이 없는지 공격 패턴이나 행동이 유사했다.

문제는 맷집이었다.

게다가 교전 과정에서 느낀 것이 있었다.

동원이나 이정우, 황찬열의 공격이 생각보다 데미지가 들어가지 않고 있다는 점이었다.

이 정도면 어느 정도 반동으로 인해 밀려나거나 상처를 입어야 했을 공격이 먹혀들지 않았던 것이다.

반면 서희의 마법 공격은 예상했던 것보다 더 데미지가 깊게 박혀 들어갔다.

미노타우로스들이 느끼는 고통의 강도도 훨씬 커보였다.

그동안 서희가 능력을 키워오면서 스탯을 더욱 투자한 부분도 있긴 했지만, 그 점을 반영하더라도 위력이 상당했다.

"물리적인 타격에 일부 내성을 가지고 있는 것 같다. 그 대신 항마가 약하고."

"몰아볼까요?"

"그게 좋겠지."

황찬열의 말에 동원이 고개를 끄덕였다.

그러자 이정우와 황찬열이 동원의 곁으로 가까이 붙기 시작했고, 자연스럽게 세 사람을 노리고 공격을 해오는 미노타우로스들의 대열도 응집됐다.

"좋아요, 좋아!"

서희는 세 사람에게 파이어 실드를 걸어 지속적인 데미지를 미노타우로스에게 입히는 한편, 삼삼오오 사이좋게 모여 있는 미노타우로스들의 발밑으로 계속해서 파이어 월을 이용한 '불장판'을 깔았다.

외피를 녹여버릴 듯이 활활 타오르는 불길 앞에서 미노타우로스들은 동원 일행을 공격하기 위해 전진하려다가도, 열기에 뒤로 물러서기를 반복했다.

우왕좌왕하는 사이 자연스럽게 미노타우로스들을 둘러싸는 원형의 불길이 만들어졌다.

갇힌 것이다.

그와아악!

불길과 열기를 참지 못하고 성이 난 미노타우로스들이 불길을 헤집고 나서며 달려들었다.

움직임은 더 빨라졌지만, 그 대신 맷집은 훨씬 약해졌다. 동원이 바라던 그림이었다.

"크윽!"

교전 중에 미노타우로스의 돌격을 막아내지 못한 이정우가 신음을 터뜨리며 허공을 날았다.

순간적으로 빨라진 미노타우로스의 움직임을 놓치자, 여지없이 빈틈을 공략당한 것이다.

"젠장!"

황찬열 역시 움직임을 놓치는 바람에 가슴팍에 깊은 상처를 입었고, 슈트의 특수 능력이 이를 상쇄시키면서 방어를 해냈다.

몸에는 아무런 타격이 없었지만, 한 번의 기회를 잃었으니 손해였다.

키켁! 키켁!

그러는 사이 미노타우로스의 뒤를 부지런히 쫓아온 듯한 다수의 변이체들이 100m 전방에서 모습을 드러냈다.

변이체들은 저마다 시야를 밝히기 위해 준비한 듯한 조명석을 들고 있었는데, 덕분에 녀석들의 면면이 훤히 드러났다.

동원이 뒤를 돌아보았다.

구출조들은 시간을 벌어놓은 사이, 상당히 먼 거리를 이동해 있었다.

이유리가 중간중간 원거리 시야 확보를 위해 날리는 불화살이 보였던 것이다.

"그렇다면 일단은……."

동원이 반사적으로 몸을 앞으로 날렸다.

그러자 동원을 포커싱해 두고 있던 미노타우로스 하나가 동원을 향해 기세 좋게 양 주먹을 내려찍었다.

콰아앙!

괴력의 주먹이 아슬아슬하게 회피 동작을 취한 동원의 머리카락 끝을 훑고 지나갔다.

"모두 뒤로!"

이어서 동원이 신호를 보냈다.

그 순간, 동원의 다음 동작을 예상한 이정우와 황찬열이 몸을 거의 날리다시피 하며 뒤로 움직였다.

동원과 눈앞의 미노타우로스, 그리고 뒤에 일직선 형태로 늘어서 있는 다른 동료들.

어떤 '각' 인지는 굳이 묻지 않아도 알 수 있었던 것이다.

지이이잉!

동원의 건틀릿 끝이 반짝였다.

동시에 빠르게 차징 된 강력한 힘, 피니시를 위한 준비가 빠르게 이루어졌다.

그와?

닥쳐온 위기를 예감하지 못한 듯, 전방에 있던 미노타우로스가 동원을 깔보듯 내려다보고는 그의 손끝을 바라보았다.

그리고…….

뻐어어어억!

동원에게 가장 가까이 있었던 미노타우로스의 마지막 기억은 자신의 복부를 향해 날아들던 동원의 주먹을 보는 그 순간에서 멈춰 버렸다.

엄청난 힘과 파장, 충격파가 담긴 동원의 피니시가 복부에 작렬하는 순간…

그 두터운 외피와 그 안을 가득 채우고 있던 내장 기관들이 일거에 터져 나가며, 그야말로 코앞에서 산산조각이 났기 때문이다.

동원의 피니시로 일거에 쓸려나간 미노타우로스의 머리 위로 계속해서 서희의 마법 공격이 이어졌다.

피니시의 위력은 강력했다. 최전방에 있던 미노타우로스는 핏덩이가 되어 산산조각이 났음은 물론이고, 그 뒤에 연달아 있던 미노타우로스들까지 모두 목숨이 끊어지거나 중상을 입었다.

이어진 서희의 마무리 공격에 그나마 있던 나머지도 숨을 거두었다.

"좋은데요?"

황찬열이 동원을 보며 엄지손가락을 치켜들어 보였다.

"각자 두 마리씩 스캔해. 그냥 가기엔 아까우니까."

혀를 쭉 빼물고 늘어져 있는 미노타우로스들의 위로 장치를 가져다대자 자연스럽게 스캔이 이루어졌다.

보상으로는 한 마리당 300스피어와 1스페셜 스피어가 제

공됐다.

짭짤한 보상이었다.

미노타우로스가 강력하기는 해도, 준네임드나 네임드라고 하기에는 무리가 있었다.

오염 지대에서 싸웠던 미노타우로스와 비교한다면, 이 녀석들은 최하위 호환 버전에 가까웠다.

동원이 피니시를 쓴 것은 싸우기가 버거워서가 아니라, 더 많은 지원군들이 도착하기 전에 상황을 정리하기 위해서였다.

야밤의 좁은 시야로도 충분히 보이는 곳까지 변이체가 접근했기 때문이다.

"속도를 내죠, 거의 다 왔으니까."

"이거야, 원. 이래선 내가 실력을 발휘할 시간이 없는데. 근데 아무리 생각해도 네 피니시는 정말 사기이긴 해. 나처럼 대책 없이 앞으로 발길질만 하는 것보단 낫잖아?"

이정우가 동원을 향해 씨익 웃어 보였다.

확실히 동원은 시간이 지나면 지날수록 더더욱 강해지고 있었다.

동원과 함께 움직이게 된 이후, 몇 차례 더 있었던 단체 퀘스트를 이용해 스파링을 했었다.

지난번의 패배를 밑거름으로 삼아 복기하고, 동원의 빈

틈을 노려볼 요량에서였다.

항상 승승장구해왔던 이정우에게 동원은 도전 정신을 자극하는 라이벌이자 좋은 친구였다.

그래서 독기를 품고, 더욱 이기기 위해 달려들었다.

하지만 그때마다 동원은 한 박자 빠른 대응과 반격으로 자신을 무력화시켰고, 이정우는 동원의 실력에 늘 감탄했다.

동원은 발전이 있었다. 자신이 반걸음을 발전하면, 동원은 한 걸음을 나아갔다.

이정우가 동원을 전적으로 믿고 돕고 있는 것은 그가 그럴 만한 자격이 있고, 매력이 있는 사람이기 때문이었다.

"진정한 쇼 타임은 처음부터가 아니지. 시작은 내가 했지만, 끝맺음은 네가 해야겠지, 정우."

"그러냐? 후후, 언제 실력을 발휘하면 될 것 같은데?"

"안전 지대까지 빠지고 나면 얼마든지 할 수 있지 않을까. 저 녀석들이 거기를 넘어올 수 있는지, 아닌지를 볼 필요가 있어. 직접 두 눈으로 확인해야 해."

"좋아, 어디 한번 보자고."

동원 일행이 더욱 속력을 내어, 구출조의 뒤로 빠르게 따라붙기 시작했다.

그리고 그 뒤를 변이체들의 행렬이 따랐다.

꽤 많은 수였다.

그리고 저 멀리서 다수의 무리들이 또 뒤를 따라붙고 있었다.

*   *   *

중간에 한차례의 교전이 더 있었다.

생각보다 변이체들이 빠르게 따라붙다보니 시간을 한 번 더 지연할 필요가 있었던 것이다.

처음에는 잘 느끼지 못했지만, 동원은 유독 변이체들의 움직임이 지구에서보다 이곳에서 좀 더 빠르다는 느낌을 받았다.

그러면서 간과하고 있던 사실도 하나 느꼈다.

이곳의 중력이 지구에 비해 다소 낮았던 것이다. 전반적으로 움직임이 좀 더 가볍고 신속하게 느껴졌던 현상의 답이었다.

두 번째 저지는 이정우가 맡았다.

서희의 얼티밋 기술인 메테오(Meteor)는 동원이 좀 더 시간을 보류하도록 요청했고, 황찬열의 얼티밋은 광역 타격이 힘들어 지금 쓰기에는 적합하지 않았다.

이정우는 동원이 말했던 대로 자신의 쇼 타임이 오자, 거침없이 변이체들 사이를 파고들며 얼티밋을 전개했다.

일순간 붉은빛 기운을 휘감은 이정우가 우르르 몰려오고 있던 변이체 사이를 파고들며, 그대로 무한 난격을 이어갔다.

동원은 뒤를 보조하며, 난격에서 살아남거나 타격을 피한 변이체들을 정리했다.

이정우가 지나가는 길목 위에 있던 변이체들은 하나도 남김없이 넝마가 되어 사방으로 떨어져 나갔다.

한 무리의 정리가 끝나자, 뒤이어 쫓아오는 변이체 무리들이 또 보였다.

그 뒤의 행렬은 끝이 없었다.

시간 지연에 성공한 동원 일행은 다시금 속력을 냈고, 드디어 반 토막 난 변이체의 시체가 있는 지대까지 도착했다.

동원이 생각하는 안전 지대, 그리고 변이체들에게는 '조건부 위험 지대'로 여겨지는 곳까지 온 것이다.

체력이 거의 한계점까지 떨어진 민간인들은 격하게 숨을 몰아쉬며, 창백해진 얼굴로 당장에라도 쓰러질 듯한 모습을 보였다.

그나마 남자들이 버텨 볼 만한 표정을 짓고 있을 뿐, 여자들은 이미 산 하나를 넘고 평지를 가로지르는 시점에서 탈진에 가까운 상태에 이르러 있었다.

때문에 황찬열과 이정우가 구출조의 보조로 빠졌다.

여자들을 업고 이동할 수 있는 인력이 필요했기 때문이다.

이제 끝이 다 보이는 마당에 따라잡히면, 지금까지의 모든 것들이 무의미해진다.

이정우와 황찬열이 빠진 자리는 이유리와 김윤미가 메웠다.

힘을 써야 될 사람들이 뒤로 빠지고, 원거리 공격과 다중 공격이 가능한 사람들만 남은 것이다. 동원은 리더로서 남았다.

"넘을 수 있을까요⋯⋯?"

으르르르릉.

김윤미가 걱정 어린 눈빛으로 멀리서 달려오고 있는 변이체들을 비리보았다.

살의를 잔뜩 머금고 변이체들을 향해 으르렁거리는 백랑을 그녀가 따뜻한 손길로 타일러 주었다.

"일단 30m 정도 뒤로 빠지죠. 서희 씨는 언제든 얼티밋 시전이 가능하도록 준비를."

"알겠어요."

서희의 얼티밋은 동원이나 이정우와 같은 일격필살의 용도는 아니었지만, 그와는 비교되지 않을 만큼의 광범위한 범위에 다량의 화염 공격을 퍼부을 수 있었다.

"후우."

후퇴와 정지, 반격의 반복이었던 탓인지 동원이 자신도 모르게 한숨을 내쉬었다.

체력적인 소모가 꽤 있었다. 물론 아직 얼마든지 격전을 더 치를 수 있는 정도는 됐지만, 확실히 추격당하는 입장에서 싸운다는 게 부담이 큰 요소임은 맞았다.

케헤헥! 케헥! 케헥!

이윽고 변이체들의 대규모 행렬이 도착했다.

푸으윽, 푸윽.

백랑은 날카로운 발톱과 이빨을 드러낸 채, 김윤미의 명령이 떨어지길 기다리고 있었다.

이유리는 활시위를 최대치로 당긴 채, 속사를 이어나갈 준비를 마친 상태였다.

서희 역시 계속해서 양손을 사선으로 뻗은 채, 언제든 얼티밋 전개가 가능하도록 세팅을 완료했다.

이윽고 반 토막 난 변이체의 시체가 엎어져 있는 자리까지 변이체들이 도착했다.

그 순간, 마치 약속이라도 한 듯이 모든 변이체들이 멈춰섰다.

딱 시체의 몸 절반이 이제 막 부패가 진행되고 있는 생기 있는 부위와 말라 비틀어져 없어져 버린 부위로 나뉘는 그 경계선이었다.

"경계가 있는 것 같아요. 확실히요."

눈으로 볼 수 있는 경계나 선이 그어져 있는 것은 아니었지만, 확실한 것은 변이체들의 추격은 딱 거기까지였다.

계속해서 후발대들이 도착했지만, 정해진 선을 넘지는 못했다.

다들 살기 가득한 눈빛과 행동으로 동원 일행을 잡아먹을 듯이 노려보고 있었지만 그것이 전부였다.

"정리하고 가죠."

"야아아아아앗!"

동원의 말이 끝나기가 무섭게 서희가 기합을 내뱉으며 양손에 마법의 힘을 잔뜩 불어넣었다.

그러사 일순간 그녀의 손끝에 주먹만 한 크기의 화염 구체가 형성되더니, 한 줄기 섬광과 함께 하늘로 솟구쳐 올라갔다.

눈 깜짝할 사이에 펼쳐진 광경이었다.

그리고 몇 초 후.

화르르르륵! 화르르륵! 화륵!

공중에 형성된 타원형의 아공간에서 일제히 불길이 타오르는 구체들이 비처럼 쏟아져 내리기 시작했다.

끄아악! 까악! 꾸아아아악!

순식간에 쏟아진 불비에 변이체들이 비명을 내지르며 죽어나갔다.

구체가 떨어진 자리에서는 크고 작은 폭발이 일어났고, 불길이 생겨나며 주변의 불길과 합쳐져 더 큰 불길을 만들어냈다.

파앗!

그렇게 한참을 불비가 떨어진 뒤, 하늘에서 또 한 번 섬광이 일었다.

그 순간, 모든 변이체의 시선이 하늘로 향했다.

그리고… 그것이 타격 범위 안에 있던 변이체들이 마지막으로 본 광경이 되었다.

휘이이이이이이이, 쿠우우우웅!

사선으로 빠르게 낙하하며 그대로 지면에 충돌한 메테오의 최후 일격이 일순간에 반경 50m 안에 있던 변이체들을 한 줌의 재로 만들어 버렸다.

시체, 아니 실오라기 하나 남지 않도록 모든 것을 날려버린 일격이었다.

"볼 때마다 느끼는 거지만… 언니의 얼티밋은 참 제 얼티밋이 형편없다고 느껴지게 만들어요. 정말 강력해요."

이유리의 감탄 섞인 칭찬에 서희가 고개를 저었다.

"유리만큼 강하진 않아. 이건 상대가 맞아주지 않고 빠져나가 버리면 무용지물이야. 아무 의미도 없어."

"그래도요."

"후후, 덕담은 그만들 하고. 빠르게 스캔하고 빠지는 게 좋을 듯하다."

"제가 할 일은 없는 건가요? 음, 뭔가 구경만 한 느낌이야……. 짐이 되는 건 아니겠죠?"

김윤미가 멋쩍은 표정을 지으며 빠르게 시체들 사이에서 스캔을 하고 있는 동원과 이유리, 서희의 뒤를 따랐다.

김윤미의 유일한 약점은 광역 공격이 가능한 기술이 없다는 것이었다.

백랑의 움직임을 극대화해서 짧은 시간에 다단 히트를 넣는 것은 가능했지만, 이유리나 서희처럼 광범위한 타격을 입히는 건 쉽지 않았다.

그 대신 백랑은 일대일에 매우 강했다.

"각자 실력 발휘하기에 좋은 상황이 있게 마련이에요. 너무 신경 쓸 것 없습니다. 짐 같은 건 어울리는 표현도 아니고. 자, 빠르게 빠지죠. 다시 넘어가서 정비한 뒤, 또 넘어갈 겁니다. 인질들은 이쪽에만 있는 게 아닐 테니까."

"알겠어요."

동원은 포탈을 넘어온 것을 단발성 이벤트로 끝낼 생각

은 아니었다. 이제부터 시작이었다.

지금 당장은 대한민국의 땅덩어리 내에서 포탈을 자유자재로 넘어갈 수 있는 팀은 동원의 팀밖에 없었다.

이제 막 오염 지대 탐사를 시작할 준비를 하는 가온이 그 다음 주자가 될 터.

하지만 이동이나 준비 기간, 전투 기간을 고려해도 앞으로 며칠간은 참여가 불가능할 가능성이 컸다.

동원은 효과적으로 스피어를 활용하기 위해, 포탈에서 지구로 귀환하는 대로 바로 다음 스피어 퀘스트를 진행할 수 있도록 팀원들의 대기 시간을 면밀히 체크할 예정이었다.

포탈 너머의 탐사도 중요하지만, 스피어 퀘스트를 딜레이 없이 계속해서 챙기는 것도 매우 중요했다. 어느 것 하나 소홀히 할 수가 없는 것이다.

제4장
구조

　이윽고 동원 일행과 구출된 인질들 모두 포탈 앞까지 도
착했다.

　여전히 주변은 황량하게 모래바람만이 불고 있었고, 변
이체들이 들고 있던 조명의 불빛도 더 이상 보이지 않는 거
리까지 벌어졌다.

　"정말 감사합니다. 정말 감사합니다……."

　"모든 인사는 넘어가서 주고받는 걸로 하죠. 여기 계신
분들이 무사히 돌아왔다는 것이 확인될 때까지."

　"하아, 하아, 하아."

"……."

모두가 지쳐 있었다.

처음에는 황찬성을 보며 한없이 흐느끼던 김단비도 이제
는 거의 탈진 상태에 이르러, 지금은 황찬성의 등에 업혀
가쁜 숨을 몰아쉬고 있었다.

자는 것이 아니라, 납치에 대한 쇼크와 계속된 이동으로
인한 체력 저하로 몸을 움직일 힘조차 없었던 것이다.

동원이 김단비의 몸을 살펴보니, 여전히 특이한 점막이
몸을 둘러싸고 있었다.

납치를 용이하게 하기 위함이었겠지만, 결과적으로는 안
개 지대를 무사히 넘게 해줄 수 있는 안전장치이기도 했다.

"자, 바로 들어갑시다."

동원이 포탈을 가리키자, 먼저 구출조와 민간인들이 성
큼성큼 안으로 들어섰다. 연이어 이유리와 서희, 김윤미가
입장했고, 마지막으로 뒤를 돌아본 동원이 포탈 안으로 들
어섰다.

눈 깜짝할 사이, 아주 잠깐의 어둠이 스치듯 지나가
고…….

다시 눈을 떴을 때, 동원과 구출된 민간인들은 어느새 포
탈 안의 안개 지대에 위치해 있었다.

돌아온 것이다.

"아……."

"돌아왔어……. 살아서 돌아왔어……!"

모두 무사했다.

성큼성큼 걸어 안개 지대 밖으로 빠져나온 민간인들은 그제야 안도의 한숨을 내쉬며, 지친 몸을 흙바닥 위로 떨군 채 흐느끼기 시작했다.

어떤 사람은 흙바닥 위에 대자로 드러누워 버렸고, 김단비는 두 다리의 힘이 풀렸는지 앉은 채로 황찬성의 품에 안겨 계속 눈물을 흘렸다.

"형님! 성공하신 겁니까?"

"유, 윤지야! 아이고, 윤지야! 살아 돌아왔구나. 살아 돌아왔어!"

동원 일행이 포탈 안으로 들어갔다는 사실을 전해 듣고 한달음에 달려온 납치된 민간인들의 가족들은 저마다 자신들의 가족을 찾아내고는 감격의 눈물을 흘렸다.

포탈 앞에는 사람들이 가득했다.

생존자를 보기 위해 온 주민들부터 시작해서 가족들까지. 그리고 그사이 전해 들은 소식이 있었는지, 취재진들도 일부 도착해 있었다.

다만 지금껏 인터뷰에 잘 응하지 않았던 동원의 성향을

잘 아는지라, 기자들은 눈치를 보며 서희 쪽을 바라보는 모습이었다.

아무래도 서희는 이런 인터뷰에 곧잘 응해주곤 했었기 때문이다.

"서희 씨가 얘기해 줘요. 이런 부분에서는 내가 말주변이 썩 좋은 편은 아니니까. 필요한 정보는 전달해 줄 필요가 있을 겁니다. 자, 3시간 정도의 휴식 시간을 가지고 다시 출발한다. 각자 스피어 퀘스트까지 마무리하자. 이번에는 다른 포탈로 위치를 바꿀 거니까, 3시간 뒤에 2번 포탈에서 모인다. 잠이 부족하면 남은 시간과 스피어 내에서의 대기 시간을 이용하도록 해."

"알겠습니다."

"알았다."

말이 끝나기가 무섭게 일행들이 모두 흩어졌다.

서희는 일찌감치 기자들에게 브리핑할 내용을 정리해 둔 상태였다.

이번 민간인 구출이 블랙 헌터 클랜에 얼마나 큰 상승 요소가 될지 그 누구보다도 잘 알고 있었기 때문이다.

"괜찮으시다면 포탈 너머의 세계에 대한 이야기를 듣고 싶은데요! 괜찮으시겠습니까?"

"NBS의 김진성 기자입니다. 같은 질문입니다. 포탈 너머에는 무엇이 있었습니까? 대한민국 최초의 탐사 클랜이 되었는데요, 소감 같은 것을 들어볼 수 있을까요?"

"아직 카메라 안 돌아가고 있죠?"

"네, 아직입니다."

서희의 물음에 기자들이 고개를 끄덕였다.

그러자 서희가 그들을 향해 환히 웃어 보이며, 마저 하려던 말을 이었다.

"그럼 화장만 좀 하고요. 바로 브리핑할게요."

챙길 건 챙기는 그녀였다.

*   *   *

5분 후에 시작된 서희의 인터뷰는 신속하게 끝났다.

그녀는 일목요연하게 포탈 너머에서 있었던 일을 정리해서 말해주는 한편, 이야기를 하는 동안 몇 번이고 블랙 헌터 클랜에서 대한민국 최초로 포탈 탐사에 성공했다는 사실을 강조했다.

기자들도 이 점이 가장 타이틀이 될 만한 사실이라는 점을 깨달았는지, 관련한 질문을 꾸준히 던졌다.

모든 대화가 촬영되고 있었기 때문에 홍보 효과는 상당했다.

서희는 직설적으로는 아니더라도, 은근한 뉘앙스로 이런 일들을 빠르게 해낸 블랙 헌터가 그 어떤 다른 클랜보다도 유능한 사람들이 많은 클랜임을 어필했다.

생방송, 혹은 시간 차를 둔 녹화 방송으로 이 인터뷰를 접한 스피어러들은 기존 블랙 헌터 클랜에 가지고 있던 긍정적인 이미지에 이번 일이 더해져, 더 많은 호감을 가지게 됐다.

실제로 인터뷰가 끝나기가 무섭게 블랙 헌터의 공식 홈페이지에 클랜 가입에 관련된 스피어러들의 문의가 폭주할 정도였다.

매스컴에서는 계속해서 블랙 헌터 클랜의 포탈 탐사에 대한 내용을 중점적으로 보도했다.

비슷한 시점에서 해외의 기사도 나오고 있었다. 미국 같은 경우에는 당시 오염 지대 탐사에 참여했던 1팀과 2팀이 통합 팀을 꾸려, 포탈을 넘어가 상당히 많은 수의 일반인을 구해왔다고 했다.

그래서 동원은 케인에게 연락을 넣어봤지만, 연결이 되지는 않았다.

아마 그쪽에서도 서희처럼 인터뷰나 대외적인 활동을 전담하는 것이 케인이다 보니 더더욱 정신이 없을 터였다.

황찬성은 어느새 현장으로 달려온 김단비의 부모님에게
안전하게 그녀를 인도해 주었다.

딸의 납치 소식을 듣고 황급히 달려온 그녀의 부모는 한
참을 펑펑 울더니, 목숨을 걸고 자신의 딸을 구출해 온 황
찬성에게 몇 번이고 고마워했다.

김단비가 어떤 남자와 교제 중이라는 사실은 알았지만,
직접 보지는 못했던 부모는 황찬성의 듬직한 덩치와 침착
한 행동이 마음에 드는 눈치였다.

김단비는 한참이고 황찬성의 품에서 떠나지 않았다.

그리고 울고 또 울었다. 다시는 납치되고 싶지 않다고 했
다.

징그럽게 생긴 것들의 품에 강제로 '안겨져서' 끌려갔던
시간들은 지옥과도 같았던 것이다.

이번 구출 작전은 체력 소모가 상당했던 것이기에 모두
에게 휴식이 필요했고, 전부가 각자의 거처로 향한 뒤 잠시
눈을 붙이거나 쉬는 시간을 가졌다.

일정은 타이트했다. 2시간에서 3시간 사이로 각각 스피
어 퀘스트 대기 시간이 종료될 예정이었고, 그러면 바로 퀘
스트를 소화해야 했다.

시간을 1분 1초라도 지연시키는 것은 그만큼 늦게 강해
지는 것을 뜻했으니까.

그다음, 집합하여 바로 출발해야 했다.

2번 포탈은 동원의 블랙 헌터 클랜이 관리하고 있는 포탈 중 메인인 1번 포탈 다음으로 명명된 곳으로, 기존 장소에서 북동쪽으로 약 1㎞ 떨어진 지점에 있었다.

*   *   *

[어떤 식으로 납치를 당하신 겁니까?]

[갑자기 창문이 깨지면서 변이체들이 안으로 들이닥쳤어요. 그리고 다짜고짜 저를 들쳐 업은 다음 정체불명의 액체들을 몸에 뿌렸어요. 그러니까 이렇게 미끈미끈한 점막 같은 것이 생겨난 거예요.]

[이 점막으로 인해 안개 지대를 무사히 넘을 수 있었고, 또 반대로 넘어오실 수도 있었던 거군요.]

[그렇죠. 정말 순식간에 벌어진 일이었어요. 그리고 변이체들은 저희들을 한곳에 가둬놓고 무어라 계속 말을 했어요. 닭장 속에 갇힌 닭이 된 느낌이었거든요……. 하아, 정말 생각하고 싶지 않습니다.]

[다행히도 블랙 헌터 클랜의 스피어러들의 도움으로 구출이 되셨는데요.]

[하늘의 도우심이에요. 정말… 제 평생의 은인들이 될 겁

니다. 그분들을 보는 순간 정말 얼마나 다행이라고 생각했는지, 제가 얼마나 하늘에 감사했는지 모르실 겁니다. 정말로……]

"오빠, 힘들지 않아요?"

"잠깐만 눈 좀 붙이려고 해. 생각보다 체력 소모가 있었어."

동원의 집.

습관적으로 TV를 켜놓은 동원은 생방송으로 이어지고 있는 기자와 납치 생존자의 인터뷰를 보고 있었다.

생존자들 중 가장 침착하게 말하는 사람이라 그런지, 이 사람에게 인터뷰가 집중되고 있었다.

대부분의 생존자들은 안정과 휴식, 그리고 별도의 심리 치료를 필요로 할 정도로 쇼크를 받은 상태였다.

빠르게 현장에 도착한 의료진들도 생존자들에게 인터뷰 요청을 하는 것을 자제하고, 별도로 안정을 취할 수 있도록 배려해 줄 것을 적극 요청할 정도였다.

다행인 것은 정부 차원에서 이번 납치 생존자들이 완벽하게 다시 삶에 적응하고, 마음의 평안을 찾을 때까지 적극적으로 치료 지원과 개개인을 보호해 주기로 했다는 점이었다.

정부에 소속된 스피어러들로 구성된 보호 팀을 짠 것이다.

이미 한 차례 납치가 된 사람들이만큼, 별도의 추적 장치라든가, 혹은 처리가 되어 있을 수도 있다고 생각했다.

게다가 납치자들에게는 안개를 무사히 넘을 수 있는 점막이 형성되어 있었는데, 정부는 이에 주목했다.

점막에 대한 연구를 하면, 나중에는 꼭 크리스탈을 통한 내성 처리를 하지 않더라도 포탈을 넘어갈 수 있지 않을까 생각했던 것이다.

"피곤하네요. 이게 시작이라고 생각하니, 앞으로 얼마나 더 피곤해질지 짐작이 가요."

"얼마나 남았어?"

"두 시간 반 정도 남았어요."

"크게 다르지 않군. 눈 좀 붙여. 어차피 나는 길게 안 자니까, 중간에 깨워줄 수 있을 거야."

"그럼 잠깐 눈 좀 붙일게요. 너무 피곤해요. 아니면 씻고 올까요, 오빠? 생각해 보니 여기저기 피도 묻은 것 같고… 오빠가 자는 데 방해될 것 같아."

"아니, 그런 것 신경 쓸 필요 없어. 조금이라도 눈을 붙이는 게 좋을 거야."

"알았어요. 그렇게 할게요."

동원이 TV를 끄자, 방 안이 금세 어두워졌다. 들어오는 불빛은 창문 쪽에 켜둔 스탠드의 약한 간접 조명이 전부였다.

동원의 옆으로 자연스럽게 파고든 이유리는 동원의 옆에서 조용히 눈을 감았다.

막상 쉬려고 들어온 집이었지만, 누우니 쉬이 잠이 오질 않았다.

동원은 전투 과정에서 있었던 사실들을 하나씩 복기할 참이었다.

그러는 사이 많이 피곤했는지 이유리는 동원의 옆에서 곤히 잠이 들었다.

그녀를 보고 있으니, 새삼 시간이 많이 흘렀음을 깨닫게 됐다.

처음에는 그저 TV 화면 속에서나 볼 수 있는 국가대표 양궁 선수라고 생각했는데. 지금은 이렇게 자신의 곁에서 함께 최선을 다해 싸우고 있는 스피어러 동료이자, 가까운 사이가 되어 있었다.

그녀가 자신의 옆에서 이렇게 편히 잠을 잘 수 있다는 것은 그만큼 자신을 믿기 때문이기도 할 터.

동원은 어린아이처럼 곤한 잠에 빠져 있는 이유리의 이마에 살포시 입술을 맞추고는 다시 고개를 창가 쪽으로 돌렸다.

기억을 되짚는 과정에서 가장 신경이 쓰였던 것은 역시 교전을 벌였던 문명체였다.

변이체들은 자신의 신체 일부가 변형된 것을 이용해 공격해 왔다. 즉, 물리적인 기본 공격이 거의 99%에 가까웠다는 이야기다.

이따금씩 예외적으로 보이는 것은 타액을 이용한 산성 공격 정도였다.

하지만 문명체들은 전혀 다른 공격을 펼쳐 왔다.

파동 공격. 그것은 공간을 왜곡시키거나 비틀어 만들어 내는 공격과 비슷해 보였는데, 상당히 강력했다.

물론 문명체들에게도 약점은 존재했다. 위력적인 공격에 반비례해서 약한 체력이었다.

하지만 일격필살이 가능한 공격력을 가지고 있다는 점은 매우 위협적이었다.

포탈 너머의 세계에서는 슈트의 특수 능력을 충전할 수가 없고, 잠깐 사이에 몇 번의 공격에 노출될 경우 바로 죽음에 이를 수도 있기 때문이다.

"이제 스피어 안에 들어가면 관련된 언어를 배울 수 있겠지. 브리그 어는 아니었으니까."

확실한 점은 하나 더 있었다. 바로 언어가 다르다는 것.

그들 사이의 언어 교류가 어떻게 이루어질지는 알 수 없었지만, 자신과 오염 지대에서 마주쳤던 푸른빛의 피부를 가진 문명체의 브리그 어와 달리 그들은 다른 언어를 사용했다.

피부색도 각각 달랐다.

동원이 예상해볼 수 있는 건, 어떤 특수한 상황이나 일에 대한 처리를 두고 강경파와 온건파가 나뉘듯, 그들에게도 성향의 차이가 존재할 것이라는 점이었다.

브리그 어를 썼던 '브리그 문명체'는 인간들에게 우호적이라고 할 수는 없어도, 적어도 적대적이지는 않았다.

오히려 자신에게 도움을 주려고 했고, 중요한 사실도 알려주었다.

하지만 이번의 문명체들은 민간인에 대한 납치부터 시작해서, 미련 없이 자신들과 전투를 펼쳤을 정도로 호전적이었다.

물론 그들 입장에선 갑자기 모습을 드러낸 동원 일행이 적으로 느껴질 수밖에 없었겠지만, 그 이전의 원인 제공은 분명 그들이 했다.

"정말 모르는 것투성이로군."

이제 첫걸음마를 뗀 것과 같았다.

지금까지 스피어와 관련된 정보들 중 '지구 안에서' 얻을 수 있었던 정보들이 채워지고 채워져 완성되어가고 있었다면, 포탈 너머의 이세계에서 얻은 정보는 아주 약간의 조각에 불과했다.

다시 처음부터 또 알아가야 했다.

그들의 세계는 어떤 곳이고, 무엇이 있으며, 왜 지금과 같은 일들이 발생하고 있는지.

아주 원론적인 문제부터 알아보기 시작해야 하는 것이다.

*　　　*　　　*

시간은 빠르게 흘러갔다.

동원을 비롯해 포탈을 함께 넘어갔던 팀원들은 모두 스피어 퀘스트를 수행한 뒤, 붉은 문명체의 언어를 습득하는 데 성공했다.

언어의 이름은 '이그라드 어'로 예상했던 것처럼 브리그 어와는 달랐다.

인간에게 도움을 주려고 했던 브리그 족.

그리고 적대적이었으며 이번 납치에도 개입되어 있는 이그라드 족.

그들의 연관성에는 무엇이 있을까.

궁금증은 점점 더 커져만 갔다.

포탈로 복귀한 후 3시간이 지난 시간, 다시 여덟 명의 일행은 2번 포탈 앞에 모였다.

다음 탐사를 위해서.

제5장
컨택트(Contact)

　잠깐의 시간이 흘렀지만, 그사이 클랜들 사이에는 많은
변화들이 있었다. 특히 가장 빠른 행보를 보인 것은 가온
클랜의 김혁수였다.

　미국 쪽의 클랜과 연계된 가온에서는 부랴부랴 팀을 꾸
려 오염 지대가 있는 것으로 파악된 곳으로 출국했다.

　그 과정에서 잡음이 있었는데, 오염 지대에 가고 싶어 하
는 클랜원들과 포탈 통제로 인해 강제로 남아야 하는 클랜
원들의 불만이 만들어낸 충돌이었다.

　김혁수는 철저하게 클랜 내에 구축되어 있는 랭킹 시스

템을 이용해 말 그대로 상위 랭크에 있는 정예 멤버들만 선발했다.

그중 참여 의사가 없는 경우에만 제외했다.

반발을 보인 것은 중하위 랭크, 그러니까 이제 막 스피어러로서의 삶에 탄력을 받기 시작한 스피어러들이었다.

그들은 새로이 발견된 포탈 너머의 세계, 그리고 안개 지대에서 내성을 획득할 수 있는 오염 지대로의 탐사를 바랐다.

하지만 김혁수는 일언지하에 그런 바람을 쳐내버렸고, 그 과정에서 자신들의 이야기를 들어볼 생각도 하지 않고 무시해 버린 김혁수의 지시에 반감을 느꼈다.

물론 냉정하게 생각한다면 가는 것이 위험한 것은 사실이지만, 김혁수의 답은 위험할 수 있으니 갈 수 없다가 아니라, 정해진 요구 조건과 랭크에 부합되지 않으니 참여할 수 없다는 아주 싸늘한 말이었다.

이런저런 잡음이 여러 클랜에서 들려오고 있었다.

그나마 가온은 오염 지대 탐사라도 떠났으니 다행이었지만, 상위 클랜들 대부분은 오염 지대가 어디에 있는지 짐작도 하지 못했다.

관련해서 커넥션을 찾기 위해 분주하게 움직이는 상황이었고, 이제 다들 막 걸음마를 내딛는 참이었다.

클랜들이 이 정도로 민감하게 반응하는 것은, 포탈 너머의 세계에 대해 알려지면서 바야흐로 제2의 시대가 열렸다고 생각했기 때문이다.

지금까지 포탈을 이용해 일방적으로 넘어오기만 하는 적들을 상대했다면, 이제는 충분히 역공을 가할 수 있는··· 그리고 더 많은 이득을 취할 수 있는 전진 기지 설립이 가능해졌기 때문이었다.

그사이 한 차례 있었던 스피어 입장을 통해 동원 일행은 전투를 위한 물품들을 충분히 챙겨왔다.

지금 이 정도의 흐름대로라면 이번 주말을 즈음해서 동원을 포함한 모든 인원이 B랭크에 진입할 것으로 예상됐다.

아직까지 B랭크에 진입한 스피어러들에 대한 소식이 없는 만큼, 만약 동원 일행이 무사히 B랭크에 진입하게 된다면 그것대로 이슈가 될 터였다.

"생각지도 않은 화력전이 될 수도 있어. 1번 포탈 너머에 있던 공간은 황량한 사막 지대, 그다음에 산으로 이어지면서 이그라드 족이 있는 곳이었다. 이번에는 또 어떤 곳과 연결될지 알 수 없어. 비교적 포탈치고는 변이체들의 등장 빈도가 적었던 곳이니 기대를 걸어보자."

"브리그 어를 쓰던 그 개체가 있을까?"

동원의 말에 이정우가 물었다. 지금 이곳에서 유일하게 브리그 어를 쓸 수 있는 사람이 바로 둘이었다.

맨 처음에 동원은 자신이 동료들 앞에서 브리그 어를 구사했을 때, 동료들이 스피어에 입장에서 이를 새로운 언어로 인식하고 습득할 수 있는지를 실험해 봤다.

스피어는 그런 '꼼수'를 허락지는 않았다. 즉, 직접 그들로부터 언어를 들어야만 체득이 가능한 것이다.

물론 동원과 이정우가 브리그 어를 알고 있으니, 그들을 만나더라도 의사소통에 문제 될 것은 없었다.

다만 상황에 맞게 빠른 대응을 하면서 움직이려면 동료들도 언어를 배워두는 것이 좋았다.

통역도 그 나름대로의 과정과 절차가 있어서 시간이 소요되기 때문이다.

"없다고 생각하는 게 더 이상하지. 아까보다 더 큰 전투가 될 수도 있고, 혹은 전혀 다른 양상이 될 수도 있어. 모두 준비됐나? 마지막으로 확인하지."

"준비됐습니다."

"준비됐어요."

순식간에 남은 일곱 동료들이 모두 답했다.

이유리, 서희, 김윤미, 이정우, 황찬성, 황찬열, 규현. 그리고 동원까지. 블랙 헌터의 최정예 멤버들이자, 현재 대한민국 스피어러들과 사람들의 관심을 한 몸에 받고 있는 사람들이었다.

점점 더 고조되는 관심과 주목과는 달리, 여덟 사람들은 모두 초연했다. 그리고 대중의 인기가 아닌 포탈 너머에서 할 일에 대해 전력으로 집중하고 고민했다.

앞으로는 어떻게 하루, 24시간을 보내야 할지 동원의 머릿속이 문득 복잡해졌다.

과거에는 포탈을 안전하게 통제하고 있다는 전제가 있는 가운데, 스피어의 시간에 맞춰서 입장하고 생존하는 것을 목표로 하면 됐다.

즉, 스피어에 입장할 시간이 아니고, 포탈에서 변이체들의 움직임이 감지되지 않았다면 적어도 발 뻗고 잠시나마 휴식을 취할 만한 시간은 있었다는 이야기다.

하지만 지금은 다르다. 현실에서 흘려보내는 시간만큼, 포탈 너머에서의 시간은 흘러간다.

그곳의 적들은 1분 1초가 다르게 움직일 것이고, 그것은 고스란히 포탈 너머의 자신들에게 어떤 결과로든 반영이 될 것이다.

"가자, 또 새로운 하늘이 기다리고 있을 테니까."

"형님, 감사합니다."

동원의 등 뒤에서 감사 인사를 전하는 황찬성의 목소리가 들려왔다.

김단비를 안전하게 구해왔기 때문일까? 처음 포탈을 넘어갈 때와 달리 황찬성의 표정은 한층 밝아져 있었다.

"감사하면 넘어가서 잘해. 알겠지?"

"예, 형님!"

"자, 가자. 이 정도면 예열도 충분히 된 것 같으니."

안개 지대 앞에서 몸을 계속해서 흔들고 털어내며 워밍업을 마친 동원은 망설임 없이 바로 안개 지대로 진입했다. 이어서 동료들이 뒤를 따랐다.

약간의 시간 차를 두고 바로 이어진 2차 탐사의 시작이었다.

*　　　*　　　*

휘이이이이.

이번에도 포탈 너머에서는 조용히 바람만이 불었다. 다만 느껴지는 기후나 보이는 모습은 좀 달랐다.

일전의 1차 탐사에서 포탈 근처의 모습이 황량한 사막이었고, 다소 추운 기온이 느껴졌다면 이곳은 포근하면서도 저 멀리로 보랏빛의 수풀 지대가 보이는 곳이었다.

처음에는 보라색을 띠고 있는 풀이나 나뭇잎들이 어색하게 느껴졌지만, 이제는 제법 많이 적응된 상태였다.

"이유를 불문하고 우리에게도 포탈을 둘러싼 안개 지대, 그러니까 위험 지대가 있는 것처럼 저쪽도 마찬가지인 것 같아요. 표본이 적긴 하지만, 적어도 두 번을 이런 형태로 보인다는 것은 우연의 일치라고 하기에는 좀 그렇잖아요?"

이유리가 무릎을 살짝 꿇은 채 지면을 손끝으로 쓸었다. 그러자 푸석푸석한 모래들이 흩날렸다. 1차 탐사 때와 같은 광경이었다.

"이번에는 좀 이동 거리가 길어질 느낌인데. 1차 탐사 때보다도 주변의 지형지물이 더 적어. 저 산은 대규모의 전력이 주둔하기에는 너무 작은 동네 뒷산과 같은 곳이고. 그걸 제외하면 저 지평선 끝으로 보이는 지점부터 시작인 것 같다."

"차라리 잘된 걸지도 몰라요. 왜 이쪽 포탈로는 변이체의 유입이 적었는지 나름대로의 설명은 되는 것 같고요."

서희의 시선이 매섭게 주변을 훑었다.

동원 일행이 넘어온 지구가 이제 막 새벽을 지나 아침이 되는 찰나였다면, 이곳은 이제 오후에서 초저녁으로 접어들 무렵이었다.

이동 중에 어두운 밤을 맞이하게 될 수도 있는 만큼, 동원은 일찌감치 스피어 내의 상점에서 구매해 온 조명용 스틱(Stick)을 준비했다.

일회용으로 쓰게 만들어져 있는 값싼 물건이었는데, 생각보다 밝혀주는 시야가 넓어 나름대로 쓸 만했다.

따로 불을 피우거나 수시로 마법들을 이용해 어렵게 시야를 밝힐 필요도 없었다.

"일단 이동하자. 서희 씨, 필요한 기록들을 빠르게 남겨줘요. 하나하나가 다 필요한 데이터들이 되니까."

"그건 제게 맡겨요. 걱정 말고 동원 씨는 앞을 맡아주세요."

"그렇게 하죠."

적막함만이 감도는 현장이었지만, 모두가 언제든 전투에 돌입할 태세를 갖추고 있었다.

스탠바이 상태, 수상한 조짐이 보이면 즉각적으로 전투를 시작할 수 있도록.

이동은 계속됐다.

역시나 예상했던 대로 포탈과 연계된 안전 지대의 경계가 존재했다.

황량했던 지면이 어느새 크고 작은 수풀들로 채워지면서, 식생의 경계가 나눠지는 지역이 마치 선을 그린 것처럼 확연하기 드러났기 때문이다.

"인질들을 특수한 용액으로 처리했던 것처럼, 이 지역을 그 녀석들도 어떤 용액으로 처리하면서 안전하게 넘어오는 걸까요?"

"그건 아닐 거야. 그렇다면 몇 시간 전에 있었던 1차 탐사에서 변이체들이 안전 지대 안으로 들어오지 못했을 리가 없어. 그 전에 포탈을 넘어갔다 왔던 녀석들이라면, 이미 용액 처리를 했을 거고. 내가 볼 때는 어떤 장치가 있을 것 같다."

황찬열의 말에 동원이 고개를 저으며 말했다. 황찬열의 말도 일리가 있는 추측이었지만, 앞뒤가 맞지 않았다.

그런 식으로 안전하게 처리할 수 있었다면, 마음대로 넘어오지 못하는 지역이 생겼을 리도 없었다.

동원은 필요에 따라, 혹은 강제적인 어떤 힘으로 접근 불가능한 이 지역에 진입할 수 있게 만들어주는 방법이 있을 것이라 생각했다. 물론 추측이고, 단서가 될 만한 것들은 전혀 없다.

하지만 그래야만 저들이 수시로 변이체들을 포탈 너머로 보내는 것이 아니라, 일정한 간격을 두고 보낸다는 것이 설명되는 것이다.

애초에 통로처럼 뻥 뚫린 구조였고, 장애 요소가 전혀 없다면 진즉에 수많은 변이체가 넘어와서 휘젓고 갔어도 이상할 게 없었으니까.

한 가지 확실한 점은 앞으로 오염 지대를 탐사하는 클랜들이 늘어나게 되면 그만큼 안개에 대해 내성을 획득하는 스피어러들이 생겨날 것이고, 동원 일행처럼 포탈을 넘어오는 스피어러들도 꽤 늘어날 것이라는 것이었다.

이렇게 되면 지금까지 수비 일변도로 대응하던 양상은 완전히 달라지게 된다.

동원도 아직 구체화 단계까진 아니었지만, 안전 지대로 보이는 지점에 전진 기지를 만들 생각도 하고 있었다.

언젠가 포탈을 넘어올 변이체들을 마냥 포탈 앞에서 지켜보며 기다리는 것이 아니라, 그 전에 가능성을 포탈 너머에서 미연에 차단하거나, 혹은 기척을 감지하는 것이다.

그렇게 되면 더 빠르고 기민한 대응이 가능해진다.

으르르릉, 으르르릉.

"백랑아, 왜? 뭐가 느껴지는 것 같아?"

그르르르릉.

얌전히 김윤미의 곁에서 함께 이동하고 있던 백랑이 갑자기 북동쪽을 바라보더니, 날카로운 송곳니를 보이며 적의를 드러냈다.

무슨 말인지 다른 일행은 알아들을 수 없었지만, 김윤미는 백랑과의 커뮤니케이션이 가능했다.

그녀가 가진 특수성, 바로 테이머의 장점은 바로 그것이었다.

잠시 백랑과 교감을 갖는 시간을 가진 뒤, 김윤미가 빠르게 동원에게 말을 전했다.

"근처에서 느껴지는 기척이 있는 것 같아요. 저 산 쪽이에요."

"어느 정도로 느껴지는 건가요?"

"하나에서 둘 정도라고 해요. 어떻게 할까요? 이 아이를 보낼까요?"

그르르르릉.

백랑이 메마른 지면을 날카로운 발톱으로 긁어내며 눈빛을 반짝였다. 하지만 동원은 고개를 저었다.

"하나에서 둘이면 정찰조이거나, 혹은 우리를 지켜보는 어떤 시선일지도 모르죠. 괜한 위압감을 조성하거나 혹은 전투 신호가 될지도 모르는 움직임은 삼가죠. 천천히 접근합시다. 아직까지는 간을 보고 있는 것 같으니까."

동원이 산 쪽 방향으로 시선을 살짝 돌렸다가 이내 거두며 말했다.

누군가가 보고 있다. 하지만 도망치지도 않고, 지켜보고 있다.

그렇다고 자신들의 동족이나 동료들에게 어떤 신호를 하고 있는 것 같지도 않다.

그렇다면… 다른 존재들일 수도 있었다.

오염 지대에서 처음 마주쳤던 그녀, 브리그 어를 썼던 그녀의 종족을 마주할 가능성도 얼마든지 있는 것이다.

점점 산에 가까워질수록 날도 어두워져 갔다.

조명용 스틱으로 밝히지 않아도 충분히 넓었던 시야는 어느새 빠르게 좁아지고 있었다.

백랑은 계속해서 산에서 느껴지는 기척을 감지하고 으르렁거렸고, 그때마다 김윤미는 동원에게 여전히 그들이 자신들을 지켜보고 있음을 알렸다.

동원은 오염 지대에서 처음 그들을 만났을 때처럼, 이들이 자신들만의 기준을 놓고 탐색을 하고 있는 중인을 어렵지 않게 알 수 있었다.

"각자 경계를 조금씩 풀자."

동원의 말에 항시 전투태세를 갖추고 있던 동료들이 움직임을 다소 느슨하게 했다.

물론 마음까지 놓고 있는 것은 아니었다.

상황은 주시하되, 상대를 자극할 만한 포지션만 취하고 있지 않을 뿐이었다.

"백랑아, 괜찮아. 이제 그만."

김윤미가 백랑의 머리를 쓰다듬어주자, 계속 뜨거운 콧
김을 내뿜던 백랑이 적의를 거두고 순한 모습으로 변했다.

물론 김윤미가 손짓을 하면 언제든 달려 나갈 태세는 갖
춘 상태였다.

"잠깐, 여기서 정지."

산으로부터 약 200m 정도의 거리를 두고, 동원이 손을
들어 동료들을 제지했다.

큰 산까지는 아니었지만 동네 뒷산 정도라고는 할 만한
산이었다.

동원은 상대를 자극할지도 모르는 상황을 한 번 더 방지
하기 위해 더 이상 전진하지 않았다.

"어떻게 하려고요?"

"정우, 나와 이동하자. 우선은 나와 정우가 먼저 탐색을
해보고 오지. 혹은 대화가 가능하다면 하도록 하고."

"괜찮겠어요?"

"슈트가 있잖아. 적어도 안전하게 빠져나올 정도는 돼."

이유리의 걱정 섞인 질문에 동원이 고개를 끄덕이며 말
했다.

이정우가 앞으로 나서며 기억 속에 남아 있는 브리그 어
를 중얼거렸다.

스피어의 언어 습득 시스템은 참 신기했다. 단시간 만에 한 번도 배운 적 없는 언어를 일상 대화가 가능할 정도로 만들어준다는 것이.

그 말인즉, 스피어 시스템을 고안해 낸 문명 혹은 그 문명의 개체는 상상을 뛰어넘는 지식을 가지고 있다는 이야기가 되는 것이다.

"모두 대기. 자리 유지하고, 잠시 휴식하면서 기다린다."

"후아, 그럼 좀 앉아 있어 볼까요?"

말이 끝나기가 무섭게 황찬성이 지면에 대자로 드러누웠다. 아직 피로가 가시지 않은 듯한 모습이었다.

사실 황찬성뿐만 아니라, 대다수의 스피어러들은 만성적인 피로에 시달리고 있었다.

스피어 내에서 퀘스트를 수행한 뒤 잠을 자는 것은 종료 시간이 길게 주어질 때나 가능한 일이고, 보통 한 시간 선에서 종료가 됐다.

게다가 스피어 밖, 그러니까 현실에서는 수시로 포탈을 관리 감독하면서 신경을 써야 했기 때문에 항상 긴장된 상태로 대기하고 있어야만 했다. 그래서 마음 편히 쉬는 경우가 거의 없었다.

그런 스피어러들은 소속 클랜이 없거나, 아직 랭크가 낮아 달리 큰 욕심이 없는 스피어러들이었다.

하지만 지금 이곳에 있는 스피어러들은 모두가 랭커였고, 게으름과 나태함이 곧 도태와 추락으로 이루어지는 그런 정예 전력들이었던 것이다.

동원과 이정우는 천천히 산 쪽으로 접근했다.

조명용 스틱은 살짝 아래로 내린 채, 가급적 시야에 방해가 되는 것이 없도록 했다.

아주 약간의 기척이긴 하지만 분명 지켜보는 시선이 느껴졌다. 그들은 거리를 좁히지도, 벌리지도 않고 제자리를 유지하고 있었다.

"당신들과 싸울 생각은 없습니다. 이미 당신들의 언어를 알고 있습니다. 편하게 대화할 수 있습니다. 경계하지 않아도 됩니다."

"이미 당신들의 동료를 만났습니다."

동원이 기척이 느껴지는 방향을 향해 말했다.

생각을 그대로 말로 표현하자, 자연스럽게 생각에 맞춰 브리그 어로 자동 번역되어 말이 흘러나왔다.

멀리서 보는 일행들은 동원과 이정우가 정체불명의 언어를 내뱉는 것 같겠지만, 두 사람은 의사소통에는 전혀 문제가 없었다. 자기가 한 말이 브리그 어이며, 무슨 뜻인지도 잘 알고 있었다.

"……."

바스락, 바스락.

스르륵, 스륵.

동원과 이정우의 말을 들은 그들이 수풀 사이에서 천천히 몸을 일으켰다.

그들의 눈에는 놀란 기색이 역력했다.

그럴 수밖에 없는 것이 동원과 이정우에게서 예상치도 못했던 자신들의 언어를 들었기 때문이었다.

이들의 말은 흉내를 내는 것이 아니라, 스스로의 생각을 표현한 생각 그대로의 말이었다.

"…우리들의 언어를 구사할 줄 아는가?"

드디어 그들에게서도 답이 들려왔다.

브리그 어를 쓰는 브리그 족, 1차 탐사에서 동원 일행과 전투를 벌였던 이그라드 족과는 전혀 다른 존재들이었다.

컨택트.

인류와 외계 문명의 확실한 접점이 생기는 순간이었다.

제6장
브리그 문명

동원과 이정우는 그들과 일정한 거리를 유지했다.

언어가 통한다는 것에서 일정 부분의 거리감만을 해소했을 뿐, 여전히 그들은 자신을 경계하고 있었다. 서두를 필요는 없었다.

"동족을 만났고, 그녀에게로부터 정화할 수 있는 힘에 대한 단서를 얻었다는 것인가?"

"그렇습니다. 그 덕분에 안개 지대를 뚫고, 포탈을 넘어올 수 있었습니다."

"그 도움이 없었더라면, 지금도 아마 계속 안개를 바라만 보고 있었을지도 모르죠."

브리그 문명체의 말에 동원과 이정우가 답했다.

그들은 이그라드 족과는 대조적으로 오염 지대에서 만났던 그녀처럼 푸른빛의 피부를 하고 있었다.

신장도 이그라드 족에 비해서는 8할 정도의 수준으로 작았다.

체구도 다소 왜소한 편이었으며, 호전적인 기색이 역력한 그들과 달리 눈빛에는 신중함과 차분함이 가득했다.

두 문명체 중 왼쪽에 있는 존재가 좀 더 나이가 들어 보였는데, 그래서인지 대부분의 대화를 그가 주도해 나가는 모습이었다.

"하아… 아소그, 어떻게 하는 게 좋을까? 장로님에게 이들을 안내하는 게 좋아 보이나?"

"잠시만요. 당신들에게 묻지. 당신들은 인간을 대표해서 온 자들인가? 그들의 의사를 모두 반영하는 존재인가?"

"아닙니다. 다만 이른 시기에 포탈을 넘어온 자들이라고 할까요. 스피어 시스템에 대해서는 전혀 모르십니까?"

아소그라는 젊은 청년의 물음에 동원은 고개를 저었다.

거짓말을 할 수는 없다. 그저 지금의 동원 일행은 남들보다 빠르게 탐사를 떠난 스피어러일 뿐이었다.

인류 전체의 의견을 대표한다거나, 사절단으로 어떤 교

섭을 하기 위해 온 것은 절대 아니었다.

"우리 같은 평범한 구성원들이 로드(Lord)가 하시는 일을 모두 알 수는 없어. 하지만 짐작은 할 수 있지. 어떤 안배를 해두셨을 수 있겠구나 하고……. 그렇다면 에제르 님, 우선은 장로님에게 데려가는 것이 좋을 것 같습니다. 분명 이에 맞는 대비책을 가지고 계셨을 겁니다. 언젠가 예견되었을 일이라면요. 저희 선에서 끝낼 문제가 아닌 것 같습니다."

"그렇게 하지. 그게 좋아 보이는군. 신호를 전송해."

"예, 그렇게 하겠습니다."

젊은 브리그 청년인 아소그와 중년의 에제르는 순식간에 대화를 주고받고는 결정을 내렸다.

에제르는 헛기침을 두어 번 하며 마른 속을 달래고는 동원에게 말을 이어나갔다.

"정확하게 말하자면 당신들이 인간들을 대표할 수 없듯, 우리도 부족 전체를 대표할 수 있는 존재들은 아니네. 그저 언젠가는 제3의 존재와 마주칠 수 있을 가능성이 있다… 는 정도만 알고 있었을 뿐이야. 자세한 이야기는 장로님을 뵈면 할 수 있을 테니 따라오게나."

"그렇게 하겠습니다. 저 뒤에 있는 자들은 제 동료들입니다. 저희들과 마찬가지로 적의는 없습니다. 동행할 수 있도록 해주십시오."

"얼마든지. 어차피 허튼짓을 하면 여기서 살아 나가기가 쉽지는 않을 테니까."

에제르는 믿는 구석이 있는 듯 흔쾌히 고개를 끄덕였다. 무엇인지는 알 길이 없었지만, 어차피 그럴 생각도 없었으니 상관없었다.

동원이 신호를 하자, 조용히 동원과 이정우가 있는 쪽을 바라보고 있던 동료들이 움직이기 시작했다.

얼마 지나지 않아 빠르게 합류하고, 이내 이동하는 인원은 총 열 명이 되었다.

"이제 이들도 내 목소리를 직접 들었으니 곧 브리그 어를 할 수 있게 되겠군? 아, 그렇다면 이그라드 어는 이미 쓸 수 있는 건가?"

"그렇습니다."

"로드(Lord)의 능력은 정말 무궁무진하군. 우리 따위와 같은 피조물(被造物)의 삶을 살고 계시다고 할 수 없는 분이야. 후우, 그럼 부지런히들 따라오도록 하게나. 속도를 높일 것이니. 아소그, 길을 밝혀봐."

"옛."

에제르의 말에 아소그가 허공을 향해 손을 휘젓자, 일행의 양옆으로 밝은 조명 구체가 생겨났다. 마법은 아니었고, 그렇다고 어떤 조명체도 아니었다.

홀로그램처럼 만들어진 두 개의 형상은 그 자체가 광원으로 작용하며 길을 밝혔다.

군이 조명용 스틱을 쓰지 않아도 충분한 시야 확보가 가능한 기술이었다.

"혹시나 해서 참고하라고 말해둔다면, 이쪽은 몇 되지 않는 우리들의 몇 안 되는 안전 지역 중 하나이네. 그나마 다른 곳보다는 나으니, 너무 긴장할 것까진 없네."

"감사합니다."

몇 안 되는 안전 지역.

그 말에서 동원은 우세와 열세가 확실하게 갈려 있는 브리그 족과 이그라드 족의 관계를 짐작할 수 있었다.

인간을 정복하려는 종족, 그리고 인간을 도우려는 종족.

두 종족의 성향, 외형, 처한 상황은 어느 것 하나 똑같은 것이 없었다.

동원은 아소그와 에제르의 안내를 따라, 빨리 장로를 만나 보고 싶었다.

포탈과 안개, 그리고 스피어.

이 모든 것에 얽힌 비밀의 실타래를 풀 첫 번째 단서를 꼭 얻고 싶었던 것이다.

*   *   *

평화로웠다.

진입할 당시부터 살기가 느껴졌던 첫 번째 탐사와 달리, 두 문명체의 안내를 따라 그들의 영역으로 이동할수록 생기와 사람, 아니 그들이 사는 냄새가 물씬 풍겨났다.

그러던 중 동원은 지금껏 이동하면서 짙은 구름에 가려져 볼 수 없었던 동쪽 방향에서 무언가를 발견할 수 있었다.

이동하는 내내 구름 때문에 보이지 않아 관심을 두지 않던 방향이었는데, 구름이 걷히면서 아주 희미하게나마 보이는 거대한 구조물이 있었다.

"저건 탑입니까?"

동원이 가리킨 곳에는 마치 바벨탑처럼 하늘 높이 솟아 있는 건축물이 있었다.

지평선 끝으로 보이는 구조물은 어렴풋이 보기에도 한참을 가야 보일 것 같은 거리에 있었다.

하지만 저녁노을의 끝물에 맞춰 그 형상이 보이고 있었던 것이다.

"이그라드 족의 것이네. 우리들은 저 탑을 죽음의 탑이라고 부르고, 그들은 생명의 탑이라고 부르지. 혹은 꿈의 탑이라고 부르기도 하고."

"용도가 있는 모양이군요."

동원의 말에 에제르는 대답 대신 긴 한숨을 내쉬었다. 불현듯 스쳐 지나가는 과거의 참혹했던 기억들 때문이었다.

아소그 역시 표정이 편치 못했다. 탑을 잠시 바라보더니, 생각에 잠긴 듯 고개를 떨구며 다시 가던 길을 갔다.

"저 탑에서 불길이 솟구치는 날이 바로 우리 종족에 대한 대대적인 공세, 그리고 인간들에 대한 공세가 시작되는 날이지. 세상 그 어느 곳을 막론하고, 저들이 마음대로 발길을 들여놓을 수 있는 날이야."

"아, 저 탑의 용도가……."

에제르의 말에 동원은 그제야 포탈 너머의 세계, 즉 이곳에서 존재했던 안전 지대와 저 탑의 상관관계를 이해했다.

"빅 웨이브, 웨이브의 매개체가 바로 저것이었군. 이유가 있었어."

"모든 결계를 허무는 날인 거였나. 우리들에게 웨이브가 공지되고, 시작되던 그날이."

"그런 셈이지."

"……."

동원이 입술을 질끈 깨물었다.

무심코 눈에 들어와 보았던 탑.

별 의미 없는 구조물이라고 생각했지만, 아니었다.

저 탑이야말로 인간과 지금 이곳에 살고 있는 브리그 족의 운명을 결정하고, 참혹한 전쟁을 일으키는 근원이었던 것이다.

이동 경로는 생각보다 길었다.

나중에 돌아오는 길을 생각하면 상당한 거리였지만, 브리그 족의 다른 존재들을 만날 수도 있다는 생각에 동원의 가슴은 두근거렸다.

다들 탑 쪽에서 시선을 떼지 못하는 모습이었는데, 이따금씩 탑 언저리에 번개 같은 것이 칠 때면 더욱 웅장하고도 거대한 탑의 외형이 드러나며 위화감을 더했다.

"저 산 하나만 넘으면 되네. 거의 다 왔어. 아까 우리가 만난 곳도 안전한 곳이긴 하지만, 언제 그놈들이 모습을 드러낼지 알 수 없으니 더욱 깊숙이, 더욱 안쪽으로 이동할 수밖에."

에제르의 말에서는 절박함이 묻어났다.

그곳도 자신들이 사는 땅이지만, 안심하고 있기에는 부족하다는 뜻이었다.

시간은 1시간 정도가 더 흘렀다.

에제르의 말대로 산 하나를 더 넘고 나니, 드디어 그들이 살고 있는 공간이 모습을 드러냈다.

멀리서 보아도 한눈에 들어오는 수많은 불빛들. 그리고 느껴지는 기운들에서 삶의 흔적을 느낄 수 있었다.

"아소그, 먼저 들어가라."

"예, 다시 한 번 보고해 두겠습니다."

말이 끝나기가 무섭게 아소그가 달려 나갔다.

그러고는 입구에 경계 초소를 세우고 경계를 서고 있던 동족들에게 무어라 일러둔 뒤, 옆에 놓인 정체불명의 장치를 이용해 그 안에다가 계속해서 말을 했다.

아마 그들만의 커뮤니케이션을 가능하게 해주는 장치인 것 같았는데, 그 작업까지 마치고 나서야 아소그가 다시 에제르에게로 돌아왔다.

"장로님과는 미리 사념(思念)을 교환했지만, 나머지들은 아직 잘 모를 수도 있으니 말이야. 우리에게 있어서 동족 외의 것들은 기본적으로 적이네. 어쩔 수 없는 구분법이지만."

"이해합니다."

동원이 고개를 끄덕였다.

한 가지 아쉬운 점이 있다면 스피어 시스템을 구축한 것으로 보이는 브리그 족의 모두가 이 사실을 알고 있는 것 같지는 않다는 것이었다.

고위층, 그러니까 그들의 명칭으로 로드라 불리는 존재

의 안배일까, 아니면 브리그 족이 아닌 다른 종족과 관련이 된 일일까?

이 궁금증에 대한 답을 얻을 때가 가까워져 왔다.

"눈빛이 좋지는 않은 것 같아요, 언니."

"그럴 수밖에 없지. 정우 오빠가 전해준 말대로, 이 사람들에게는 동족 이외의 존재들은 전부 다 적인 거야. 우선은 의심하고 볼 수밖에 없어. 너무 많은 시간을 시달려 온 거잖아."

"너무 긴장할 것 없어. 그저 낯선 존재들을 보는 어색함일 뿐이야. 우리도 마찬가지잖아?"

세 여인들이 동원의 뒤를 따르며 말을 주고받았다.

어느덧 일행은 브리그 족의 본거지 안으로 들어와 있었다.

생각했던 문명의 모습과는 조금 달랐다. 지구에 살고 있는 사람들은 하늘을 찌를 듯한 마천루(摩天樓)를 짓고, 차갑고도 냉랭한 이미지가 가득한 콘크리트 건물들을 세워가며 현대인의 삶을 영위한다.

누가 봐도 현대 문명이라는 것을 어렵지 않게 짐작할 수 있도록.

하지만 이들의 주거 공간은 동원 일행의 예상과는 완전

히 달랐다.

지구의 시간보다 훨씬 미래, 그러니까 첨단 과학이 지배하는 미래 문명의 삶을 살고 있을 것이라 생각했던 브리그 족의 생활 터전은 마치 유목민들의 공간을 보는 것 같았다.

아기자기하게 세워진 움막 같은 것들, 그리고 아주 가벼워 보이는 섬유질의 원단으로 만들어진 옷들. 이런 것들에서는 과거의 냄새가 물씬 풍겼다.

하지만 시선을 집중해 보니, 곳곳에 특이점들이 숨어 있었다.

우선 조명들이 달랐다.

지구의 과거처럼 횃불 따위가 밝혀져 있는 것이 아니라, 허공에 둥둥 떠 있는 원형의 구체에서 계속 밝은 빛을 뿜어내고 있었다.

그것들은 근처에 브리그 족이 지나갈 때면 더욱 밝은 빛을 냈고, 아무도 없을 때면 길을 살짝 밝힐 수 있을 정도로만 명도가 줄어들었다.

그리고 평범하게 걷는 경우를 제외하고 조금 서둘러 움직이려는 브리그 족들은 순간 이동 마법인 블링크(Blink)를 시전하듯, 장거리를 단기간에 주파하며 이동했다.

혹은 잠시 제자리에 멈춰선 뒤, 준비 기간을 가진 후 한

번에 사라지기도 했다.

그렇게 해서 더 먼 거리를 이동하는 듯했다.

고도의 문명에겐 오히려 인간과 같은 딱딱하고도 비자연적인 생활 공간은 필요가 없는 것일까?

동원은 다소 이질적인 광경에 놀라면서도, 한편으론 만나게 될 존재들이 더욱 기대됐다.

"이 일행의 대표자는 자네겠지?"

"그렇습니다."

"그럼 자네만 나를 따라오게. 아소그, 이들에게 쉴 공간을 마련해줘. 필요한 정보들도 주고받을 수 있으면 더더욱좋을 테고. 기록은 반드시 하되, 직접 적거나 듣는 즉시 커넥팅해서 저장해. 편할 대로 말이야."

"예, 명심하겠습니다."

수기로 적는 방법 외에도 기록을 남기는 방법이 있는 것같았다.

커넥팅 후 저장, 아마도 생각을 어디론가 전송하는 것 같았다.

알아가면 알아갈수록 신기한 브리그 문명의 생활 방식에 동원은 마치 영화 속의 한 장면을 보고 있는 듯한 느낌을 받았다.

포탈을 넘어온 이후, 모든 것이 신선한 충격의 연속이었

다. 어느 것 하나 지구에서의 상식이나 생각이 먹혀드는 것
들이 없었다.

스피어러, 더 나아가 인류에게 열린 새로운 삶의 시작이
자 2막이 지금이었다.

동원은 한편으론 마음 한구석이 무거워지는 것을 느꼈
다.

제7장
대장로

에제르를 따라 동원이 향한 곳은 시가지와는 다소 떨어
진 방향이었다. 갈수록 점점 인기척이 줄어들기 시작하더
니, 이내 황량한 바람만이 부는 통로가 시야에 들어왔다.

직선으로 쭉 뻗은 대로를 따라 푸른빛의 조명들이 환히
길을 비추고 있었지만, 그 위를 지키거나 경계하고 있는 자
들은 아무도 없었다.

"아무도 없는 겁니까?"

"굳이 그럴 필요가 없으니까. 장로님을 아무나 뵐 수는
없지. 그리고 무턱대고 들어오는 침입자는 보통 이렇게

되지."

에제르가 지면에 떨어져 있던 돌멩이 하나를 집어 들어
서는 통로 쪽을 향해 던졌다.

누가 봐도 조명이 환히 밝혀져 있는 잘 닦인 대로였지만,
돌멩이를 던지는 순간 상황이 달라졌다.

빠직! 빠지지지직!

퍼어어엉!

허공을 가르며 날아가던 돌멩이로 수많은 전류의 파장이
일제히 집중됐다. 어디에 숨겨진 장치 같은 것이 보이지 않
았음에도 불구하고 벌어진 일이었다.

"순간 이동을 할 수 있는 능력이 있나?"

"없습니다. 제가 아닌 다른 존재들 중에는 가능한 자들이
있기도 하지만, 적어도 제게는 없습니다."

"자, 그럼."

에제르가 동원의 어깨 위로 손을 얹었다.

그리고 두 눈을 감은 뒤 정신을 집중하자, 동원의 몸이
붕 뜬 느낌이 났다. 그리고 이내 주변의 공간이 뒤바뀌더
니, 순식간에 통로 너머의 위치에 도착해 있었다.

"간단하군요."

"우리 브리그 족들은 손쉽게 할 수 있는 일이지만, 저 미
개한 이그라드 족은 일부 선택된 자들만이 할 수 있는 일이

지. 하지만 이런 안전장치조차도 인해전술에는 답이 없는 게 현실이야. 시간당 제거할 수 있는 개체에는 최대치가 있고, 놈들은 어렵지 않게 그 최대치를 넘겨버리지."

에제르의 말에 동원은 어렵지 않게 변이체를 떠올릴 수 있었다. 그들의 변이체들은 마치 공장에서 찍어져 나오는 공산품들을 보는 것처럼 하나같이 똑같았다. 그리고 각자의 판단이나 생각 없이, 정해진 어떤 명령 하나만을 수행했다.

"하아, 긴 거리를 따라오느라 고생했군. 이 건물이 바로 장로님이 계시는 곳이네. 들어가지."

"별도의 예나 절차가 있습니까?"

"그런 건 없네. 적의(敵意)만 없다면."

"알겠습니다."

동원은 혹시나 실례가 될 만한 상황이 없을까 싶어 에제르에게 물었지만, 다행히 그런 것은 없는 듯했다.

에제르가 동원보다 한 걸음 더 앞으로 다가서서는 통로의 끝에 있던 돔 형태의 구조물 정면에 위치해 있는 문 사이로 손을 뻗었다.

그러자 센서를 통해 기척을 감지한 자동문처럼 문이 열렸고, 두 사람은 자연스럽게 안으로 들어섰다.

＊　　　　＊　　　　＊

안은 더욱 조용했다.

건물 안으로 들어서자 외부에서 들려오던 소음들도 모두
차단이 됐고, 통로를 따라 걷는 에제르와 동원의 발소리만
이 유일한 소리였다.

안으로 들어온 동원의 시선을 가장 집중시킨 것은 정면
에 보이는 거대한 화면 같은 것이었다.

그곳에는 크기를 가늠할 수 없을 정도로 큰 홀로그램 화
면 같은 것이 있었는데, 그 화면 속에는 각기 저마다 다른
풍경을 담은 영상들이 출력되고 있었다.

그중에는 동원이 오면서 보았던 이그라드 족의 '죽음의
탑'도 있었다.

마치 실시간 촬영 영상을 마주하고 있는 느낌이었다.

"장로님, 말씀드린 대로 '그들'을 데리고 왔습니다. 언젠
가는 올 것이라고 말씀하셨던 그들, 말입니다."

"⋯⋯."

동원이 숨을 죽였다.

장로라고 불리는 상대는 의자에 앉아, 동원과 에제르를
등진 채로 계속해서 영상을 주시하고 있었다.

의자 위로 보이는 백발만이 동원이 이 자리에서 볼 수 있

는 유일한 뒷모습이었다.

"그대가… 차원 간의 통로를 넘어온 자인가? 스피어라 명명된 로드의 안배 속에서 살아남아, 안개의 비밀을 풀어내고 온 자인가?"

"그렇습니다. 이제야 비로소 그 안개 지대를 무사히 넘어, 이곳으로 올 수 있었습니다."

장로의 말에 동원이 침착하게 답했다.

자세한 것까지는 알지 못했던 에제르와 달리, 장로는 동원과의 첫 대화에서 스피어에 대한 이야기를 꺼냈다. 아주 빠르게 공통점을 찾아낸 것이다.

동원이 그동안 살기 위해 고군분투해 왔던 세계가 바로 스피어의 세계였고, 장로는 그 스피어의 존재를 알고 있었다.

"아직 마음대로 안개 지대를 넘어올 수 있는 존재가 많지는 않겠지."

"그렇습니다. 이제 막 그 비밀을 풀었고, 시작 단계에 있는 상황입니다. 앞으로 수가 늘어날 것입니다."

"에제르, 나가 있어도 좋다."

"예, 장로님. 대기하고 있겠습니다."

장로의 명령이 떨어지자, 에제르가 바로 장로의 방 밖으로 나섰다.

문이 한 차례 열렸다가 닫히고, 이내 장로의 방 안에는 동원과 그만이 남게 되었다.

　"에제르가 그곳에 있었던 이유는 이그라드와의 교전 소식을 전해 들었기 때문이다. 그때 알았지. 그대들이 안개에 숨겨진 죽음의 비밀을 알아낼 힘을 갖췄다는 것을. 그래서 언젠가는 우리에게도 연결점이 생기리라 생각했고, 그곳에 에제르를 보내두었던 것이다."

　"음……."

　"하지만 인간들은 아주 영악하고 교활하지. 누군가는 새로운 문명과의 접촉에 희망을 갖거나 협력에 대한 의지를 떠올리기도 하겠지만, 반대로 더 많은 탐욕에 빠질 수도 있었어. 내게는 그런 탐색의 시간이 필요했고, 적어도 그대는 한 번쯤은 만나볼 만한 존재라 생각했다."

　"완벽하게는 아니더라도, 지금의 상황이 어떤지는 이해할 수 있을 것 같습니다. 적어도 저를 포함한 함께 온 동료들은 그 어떤 적의도 없습니다. 이그라드, 그들이 이 악순환의 근원이라는 것은 잘 알고 있습니다. 그리고 바로 저희들에게 힘이 되어줄 수 있는 존재가 눈앞에 계신 장로님, 그리고 브리그의 존재들이라는 것도 알고 있습니다."

　"난 처음부터 인간들에게 이그라드와 맞서 싸울 힘을 주어야 한다는 로드의 입장에 가장 극렬하게 반대했었다. 그리고 여전히… 난 인간을 완전히는 믿지 않아. 지금 그대가 어떤 미사여구를 내게 늘어놓는다고 해도, 곧이곧대로 듣지는 않을 것이다. 인간에게는 어쩔 수 없는 한계가 있기 때문이야. 그대가 우리에게 호의적이라고 한들, 다른 인간들이 같은 생각을 할까? 절대 아니겠지."

장로의 말에서는 불신이 가득 묻어났다.

동원 역시 마냥 브리그의 존재들이 호의적일 것이라고는 생각하지 않았다. 기다렸다는 듯이 반기는 것도 우스운 일이다.

동원은 먼저 답을 하기보다는 장로가 좀 더 말을 이어나가길 기다렸다.

그의 말에서는 불신을 주장하기보다는 이를 해소해 나가기 위한 과정을 필요로 하는 것 같았다.

"하지만 그 죽을 고비를 넘기고 찾아온 존재가 있는 이상, 그리고 로드로부터 받은 당부가 있는 만큼 그냥 돌려보내는 것도 예의는 아니겠지. 괜찮다면 편하게 이야기를 시작해 보지. 그대가 경험하고 알게 된 모든 것, 그리고 우리가 알고 있는 모든 것이 얼마나 일치하는지 말이야."

"알겠습니다."

동원이 고개를 끄덕였다.

"그렇다면 우선 가장 기본적인 이야기, 바로 우리 종족과

이그라드 족의 오래된 갈등에 대한 이야기부터 시작해야
할 것 같군."

그러자 장로가 화면으로 향하고 있던 의자의 방향을 돌
려, 서서히 동원에게로 향했다.

백발의 뒷모습만 볼 수 있었던 장로의 모습을 직접 보게
되는 순간이었다.

"그 시작이 궁금하겠지?"

"물론입니다. 모든 스피어러가 던졌던 가장 근원적인 질
문이기도 합니다. 우리는 왜 싸워야 하는가, 알 수 없었으
니까요. 그리고 어느 누구도 알려주지 않았습니다."

"내 선에서 알려줄 수 있는 부분까지 알려줄 것이다. 그
이상은 알고 싶어도 알려줄 수 없으니, 내가 말하는 그 이
상을 되묻지는 말아야 할 것이다."

"알겠습니다."

장로의 말은 단호했다.

동원은 어떤 이야기든 듣고 싶었다. 이들은 이유를 알고
있다. 그것도 아주 근원적인 이유를.

"브리그와 이그라드. 원래 우리는 하나였다. 브라드라는
명칭으로 불리던 존재였지. 비록 태생의 차이, 그리고 살아
온 세계의 차이 때문에 외형은 극명하게 달랐지만 생각은

같았다. 지금의 이 행성, 아도네스에 정착한 우리는 황량한 대지를 개척해 나가며 문명의 번영, 번성을 꿈꿀 수 있는 터전을 만들었지. 그것이 지금으로부터 약 400여 년 전의 일이다."

"그때까지는 이렇게 서로 분열되어 있지 않았었군요."

"모두가 힘을 합쳐 열정적으로 움직였지. 태생적으로 강인한 신체와 힘을 가진 이그라드 족은 육체적인 부분, 그러니까 노동에서 힘을 보탰다. 그리고 우리 브리그는 머리를 썼지. 좀 더 효율적으로 도시를 설계하고, 안락한 삶을 영위할 수 있는 방법을 마련하기 위해 노력을 아끼지 않았어."

중간중간 장로는 한숨을 섞었다. 이따금씩 천장을 바라보는 그의 눈빛에서는 짙은 아쉬움도 느껴졌다.

그의 목소리는 시종일관 차갑고 냉랭했지만, 떨림이 있었다.

"아도네스에 정착한 우리 두 문명은 처음에는 잘 융합되어서 살아가는 듯했다. 하지만 시간이 지나면서 생각이 달라지기 시작했어. 아도네스는 생각보다 살기에 좋은 환경이 아니었고, 극히 일부의 지역들만이 터전으로 적합했지. 대부분의 지역들은 황량해서 오랜 기간 터를 잡고 살기에는 적절치 않아. 여기서부터 갈등이 시작됐다. 바로 지금의 브리그와 이그라드로 갈라서게 된 갈등이."

"새로운 식민지 개척… 같은 것입니까?"

동원은 장로의 말의 문맥을 따라 이해하면서, 어렴풋이 짐작해 볼 수 있었다. 충분히 예상되는 과정들이었다.

"브리그나 이그라드 모두, 기존에 살고 있던 행성이 더 이상 살 수 없는 불모지가 되어버려 새로운 행성을 찾아 떠난 것이었다. 아도네스는 수백 년을 살기에는 적합하지 않았고, 계속해서 이그라드의 모성에서 이주자들이 유입되면서 환경은 더욱 나빠졌다. 우리 브리그는 어떻게든 기술을 집약시켜, 불모지를 그래도 발을 대고 살 수 있을 만한 공간으로 바꿔보자고 했다. 시간은 걸릴 테지만, 충분히 가능한 일이었으니까. 하지만 이그라드의 생각은 달랐다. 그들의 성향과 역사처럼 말이야."

"다른 행성을 타깃으로 삼았군요."

"우리가 아도네스에 정착하기로 한 것은, 이곳은 아무도 살지 않는 곳이었기 때문이다. 자연 그대로의 모습을 간직한 세계였어. 누구를 죽일 필요도, 몰아낼 필요도 없었다. 그저 정착만 하면 됐지. 하지만 이그라드는 다른 행성으로 영역을 넓히길 바랐고, 오랜 준비 끝에 이를 위한 그들만의 장치를 만들었다. 그것이 바로 저 멀리로 보이는 죽음의 탑, 그 안에 숨겨져 있는 이그라드 코어(Core)다."

"이그라드 코어……."

동원이 장로에게서 처음 들은 단어를 되뇌었다.

그러는 사이 장로가 의자에서 일어섰다. 몸을 완전하게 일으킨 장로의 키는 동원보다도 50㎝ 이상이 더 컸다.

큰 키와는 달리 체형은 전반적으로 마른 편이었는데, 아주 약해보이는 관절은 조금만 툭 건드려도 부러질 것 같을 정도로 얇았다.

장로는 고개를 돌려 홀로그램 영상 쪽으로 시선을 향한 뒤 손을 뻗었다. 그러자 화면 중 하나가 동원과 장로의 사이로 빠르게 다가왔다.

멀리서 보이던 화면이 가까이 다가오자, 마치 현장에 있는 것처럼 생생한 입체 화면이 보였다.

장로가 허공에 두 번 정도 손짓을 더 하자, 이내 동원과 장로는 영상 속의 공간으로 도착해 있었다.

"확인된 모든 정보를 이용해 구현한 가상의 공간이다. 보이지만 만질 수는 없는 정지 화면 같은 것이지. 이것이 바로 죽음의 탑이다. 그리고 저 꼭대기, 바로 저 자리에 이그라드 코어가 있다."

장로가 손을 휘젓자, 탑의 최상층의 모습이 클로즈업됐다.

하지만 내부까지 보이지는 않았고, 그 안에서 새어 나오는 붉은빛의 기운이 시야에 들어왔다.

그리고 아주 좁은 틈이었지만, 그 사이에서 붉은 광채를 내고 있는 거대한 구체를 발견할 수 있었다.

"이 코어에 힘이 충전되면 이그라드의 모든 개체들이 자유로이 포탈을 넘나들 수 있게 된다. 정확하게 말하자면 포탈을 둘러싼 죽음의 경계를 벗겨내는 일이고, 동시에 강력한 힘을 이그라드의 전사들에게 부여하는 것이지. 그리고 그들의 피조물과 하수인들에게도 그렇고."

"웨이브의 시작……."

이제야 그동안 있었던 웨이브에 대한 궁금증이 풀렸다.

"중요한 건, 코어는 충전하고 방전하는 횟수가 반복될수록 더욱 강력해진다는 것이다. 코어의 영향을 받는 개체들의 힘도 더욱 강력해지고, 특이해지지. 때문에 점점 우리 브리그는 고전하고 있고, 계속해서 패퇴할 수밖에 없는 상황이다. 이제 우리들의 힘만으로 이그라드를 막을 수는 없다. 로드가 해놓으신 안배, 바로 그대들의 힘이 필요한 때가 된 것이다. 하지만 그대들이 우리에게 온전히 힘을 보태줄 것인가에 대해서는 물음표가 생길 수밖에 없지. 그대들도 로드의 안배로 인해 많은 희생자가 생기지 않았던가?"

"그렇지 않다고는 할 수 없을 겁니다. 많은 스피어러들이 스피어 속에서 죽어갔으니까요."

"하지만 어차피 그 정도의 시험도 통과하지 못할 인간이라면, 언젠가 포탈을 넘어올 이그라드의 전사들을 막아낼 도리가 없을 것이다. 적어도 스피어의 시험을 통과해서 살아남을 수 있는 능력이 있어야, 최소한 싸워는 본 다음에 죽을 수 있을 테니까."

"그럼 이미 이그라드의 손에 넘어간 행성도 있는 겁니까?"

"몇몇 행성은 이미 이그라드의 이주자들이 살고 있지. 하지만 아도네스보다도 더 척박한 곳이라 오랜 기간을 살 수는 없어. 하지만 그대들이 사는 곳, 지구라고 하던가? 다양한 언어로서 명칭이 존재하던데. 바로 그곳은 이그라드가 정말 탐을 낼 만한 곳이었지. 로드는 다른 행성은 어쩔 수 없더라도 70억에 가까운 생명체가 살고 있는 지구만은 쑥대밭이 되는 걸 바라지 않으셨다. 그래서 평생을 투자해서 만들어낸 거대한 뜻, 바로 스피어를 지구에 링크시켰다. 지구에 포탈이 생기던 바로 그 순간에 말이야. 그리고 영원히 봉인되셨지. 이제 육신으로서 로드를 뵐 수는 없게 되었다."

동원은 그제야 스피어와 지구, 그리고 이들 문명과 연관된 상관 관계에 대해서 확실하게 이해할 수 있었다.

처음에는 어떤 절대적인 존재의 장난이라 생각했다.

인류를 의미 없는 생존 경쟁에 밀어 넣어 놓고, 죽어가는 과정을 지켜보며 즐기는 어떤 광적인 존재의 유희라고 생각했었다.

아무런 이유도 설명해 주지 않고, 다짜고짜 어느 날부터 싸우고 또 싸워야 했으니까.

인간들을 제거하고, 그 터전을 빼앗아 정착하려 했던 이그라드.

이를 막기 위해 자신의 육신을 바쳐 가면서까지 안배를 해두었던 브리그의 로드.

동원은 장로의 말에 충분히 일리가 있다고 생각했다. 실제로 많은 스피어러가 그렇게 여겼다.

스피어의 시험을 통과하고 죽지 못할 정도면, 언젠가는 변이체들에게 죽거나 그 뒤에 숨겨진 문명체에게 죽을 수밖에 없다는 생각.

그래서 스피어러들은 도태되지 않기 위해 필사적으로 움직였고, 지금에 이르게 되었다.

탁!

장로가 손가락을 튕기니, 두 사람은 다시 방 안으로 돌아와 있었다.

홀로그램 속의 수많은 영상들은 각기 다른 곳을 비추고 있었는데, 장로는 스치듯 쓱 훑어보고는 다시 동원에게로 시선을 옮겼다.

"혹시 저 영상들로 보이는 곳들 중에서 이그라드 족과 포탈과 연계된 장소가 있습니까? 혹시 저곳으로 갈 수 있는 지름길이나 방법을 아시는지요."

동원이 물었다.

브리그 족인 에제르와 아소그를 만난 반가움에 잠시 잊고 있었지만, 동원이 포탈을 넘어온 주목적이기도 했던 납치자들의 구출 문제 때문이었다.

분명 포탈과 연결된 근처라면 납치된 민간인들이 있을 것이다.

그곳으로 빠르게 이동할 방법을 찾을 수 있다면, 다음의 이동도 수월해질 터.

"가능하다."

"그렇다면 대화가 끝나는 대로 저희를 그곳으로……."

위이이이이잉!

동원이 장로에게 다음 질문을 던지던 바로 그때.

방 안에서 시끄러운 사이렌 소리 같은 것이 들렸다.

그 순간, 장로가 화면 중 하나를 앞으로 끌어와서는 확대시켰다.

그러자 아무것도 없는 것으로 보이던 어느 대지 위를 가득 메운 것들이 있었다. 바로 변이체들이다.

"오늘은 조용히 흘러가나 했더니만……. 그대들은 돌아가도 좋다. 오늘의 일을 두고 로드에게 보고를 올리고 그 답을 얻으려면 시간이 필요하다. 그때까지는 어차피 이곳에 있어도 이야기가 진전될 수는 없다. 다른 곳으로의 이동을 원한다면 그렇게 해주겠다. 소수의 인원이라면 내 힘으로 빠르게 순간 이동을 시키는 것 정도는 가능하다."

"무슨 말씀입니까? 변이체들이 오고 있는데요. 저희도 전투에 참여하겠습니다. 그다음에 이동할 수 있도록 안배를 해주십시오."

동원이 망설일 것 없이 답했다.

이미 두 눈으로 이쪽으로 향하고 있는 변이체를 확인한 마당이었다.

어디서, 어떻게, 어느 방향으로 이동해 왔는지까지는 알 수 없어도, 적어도 주변의 경계를 위해 확보해 놓았던 화면들에서 본 변이체이니 곧 도착할 것이 분명했다.

동원은 장로와 브리그 족에게 신뢰를 주고 싶었다.

그들은 인간을 돕기 위해 스피어 시스템을 링크시켰음에도 불구하고, 인간의 탐욕과 욕망을 경계해 반신반의하고 있었다.

동원은 적어도 자신들만은 그런 자들과는 달리 살아남기 위해 끊임없이 투쟁해 왔고, 이 악순환의 고리를 끊기 위한 만반의 준비가 되어 있다는 것을 보여주고 싶었다.

그리고 브리그 족이 어떻게 변이체들과 싸우는지도 확인하고 싶었다.

이제부터 시작된 브리그 족과의 만남은 일회성이 아닌, 앞으로도 계속 이어져야 할 것이었다.

지금 서로에게 자신들을 각인시키기에는 전투만큼 더 좋은 기회도 없을 터다.

제8장
고도 문명의 힘

　장로가 손짓으로 문을 열자, 밖에 있던 에제르가 안으로 달려 들어왔다.

　위이이잉! 위이이이잉!

　경고음은 밖에서 들려오고 있었다. 아마도 이곳에 거주하고 있는 모든 브리그 족에게 소리가 들리고 있을 것 같았다.

　"에제르, 이들이 안전하게 돌아갈 수 있도록 지름길을 안내하라."

　"아닙니다, 싸우겠습니다. 변이체들이 눈앞에 있는데 어딜 간단 말입니까?"

"아직은 그대들이 감당할 문제가 아니다. 대신 싸우려 할 필요는 없어."

"대신 싸우는 것이 아닙니다. 이젠 저희들에게도, 최소한 지금 저와 함께 온 동료들에게 이그라드는 적일 뿐입니다. 싸움을 피할 이유도, 도망칠 이유도 없습니다."

"……."

동원의 단호한 말에 장로가 생각에 잠긴 듯, 잠시 고개를 숙였다가는 들었다.

동원의 말은 진심이었다. 어차피 이제는 피할 수 없는 전쟁이었다.

오히려 동원의 입장에서는 든든한 지원군이 생긴 것 같아 다행이었다.

적어도 이그라드, 그리고 변이체들과 싸우는 것이 스피어들만이 아니라는 것을 확실하게 보았기 때문이다.

"그렇다면 뜻대로 하라. 에제르, 이들을 23구역으로."

"알겠습니다. 자, 따라오게. 머지않아 놈들이 당도할 것 같으니."

"예! 동료들과 함께 이동하겠습니다."

"그렇게 하지."

왜애애앵! 왜애애앵!

경고음은 점점 더 커지고 있었다.

그 소리 하나만으로도 더더욱 거리가 좁혀진 변이체들의 위치가 느껴졌다.

동원은 에제르의 안내를 따라 동료들에게로 향했다. 그리고 경고음을 듣는 순간, 다음 상황을 예상이라도 하고 있었던 듯 동료들은 이미 전투 준비를 갖춘 채 아소그와 함께 동원과 에제르를 기다리고 있었다.

"가자, 그 얘기를 하러 왔을 텐데. 스피어를 두둑하게 모아갈 쇼 타임이다, 동원아."

"출발하시죠?"

이정우와 황찬성이 양손과 목을 까딱이며, 언제든 전투에 돌입할 준비를 갖췄음을 알렸다. 그것은 다른 동료들도 마찬가지였다.

"가자!"

동원의 명령에 모두가 일사불란하게 움직였다.

망설임은 없었다.

지금까지 그래왔듯, 동원과 동료들은 묵묵히 변이체들을 상대하기 위해 달려갈 뿐이었다.

에제르와 아소그는 한 치의 망설임도, 두려움도 없이 전장으로 향하는 인간들의 모습을 보며, 새삼 그들의 투지와 의지를 느낄 수 있었다.

키에에에에에엑!

저 멀리서 울부짖는 변이체들의 소리가 사방으로 울려 퍼졌다.

전투가 임박했다.

왜애앵, 왜애애앵.

사이렌 소리가 계속해서 울려 퍼졌다.

더 짧아진 간격, 쿵쾅거리는 지축의 울림이 이쪽까지 전해지고 있었다.

동원과 일행은 에제르의 안내를 받아 23구역이라 명명된 장소에 자리를 잡고 있었다.

동원의 양옆으로는 높이가 15m 정도 되는 감시탑 두 개가 세워져 있었는데, 감시탑의 윗부분에는 푸른빛의 수정 구체가 자리를 잡고 있었다.

처음에는 수정 구체에서 아무런 불빛도 나지 않았지만, 점점 변이체들이 가까워져서 오면서 강렬한 푸른빛을 뿜어내기 시작하더니, 지금은 당장에라도 터져버릴 것처럼 눈부신 섬광을 사방으로 발출하는 모습이었다.

한 가지 신기한 것은 보통 저런 변이체들을 상대하기 위해 높은 방벽이라도 쌓아놓았을 것이라 생각했던 동원의 예상과 달리, 약간 높은 지대에 있을 뿐 주변에 방벽이나 울타리 같은 것이 없다는 점이었다.

게다가 각자 전투를 위한 무기를 장착하거나 준비하고 있는 동원 일행과 달리, 에제르는 맨손이었다.

그오오오오!

바로 그때.

약 200m 전방에 위치한 언덕 위에서 미노타우로스가 모습을 드러냈다.

육중한 체구, 사나운 인상. 보고만 있어도 두려움을 불러일으킬 만한 외형을 하고 있는 녀석이었다.

미노타우로스를 대장 격으로, 그 뒤를 따라 다양한 형태의 변이체들도 모습을 드러냈다.

살인 기계들.

이미 웨이브와 포탈에서의 출현을 통해 익숙해진 녀석들이기에 동원 일행은 각자 자리를 잡은 채 변이체들이 접근해오기를 기다렸다.

동원 역시 일행들보다 약간 앞선 자리에 위치해서는 카운터를 시원하게 먹여줄 녀석을 찾고 있었다. 아마도 저 미노타우로스가 첫 제물이 될 것 같았다.

"실력 좀 볼까?"

"보여드리겠습니다."

에제르의 말에 동원이 고개를 끄덕였다.

동원이 에제르를 비롯한 브리그 족의 능력을 궁금해하듯, 에제르 역시 동원의 능력을 직접 두 눈으로 보고 싶어 하는 것 같았다.

　"일단은 대기하게. 처음에는 감시탑이 충분한 방어를 해 줄 테니. 굳이 교전으로 힘을 뺄 필요가 없어. 원거리 공격이 가능한 경우에만 보조하면 돼."

　끼리리릭.

　에제르의 말이 끝나기가 무섭게 이유리가 활시위를 당겼다.

　그리고.

　쿠우웅! 쿠웅! 쿠웅!

　미노타우로스의 돌격을 시작으로 언덕 너머로 모습을 드러낸 대규모의 변이체들이 일제히 진격을 개시했다.

　지축이 울리고 모래 먼지가 피어오르며 빠르게 변이체들이 방어선으로 가까워져 왔다.

　지이이이잉!

　그 순간, 감시탑의 코어로 보이는 푸른 구체 가운데의 검은 점이 변이체들의 방향으로 향했다.

　그리고 마치 입을 벌리듯 푸른 구체 한가운데가 좌우로 벌어지더니, 눈 깜짝할 사이에 한 줄기 광선을 미노타우로스에게 정면으로 발출했다.

샤아아아아아아아아!

꾸어! 꾸어어! 꾸억! 그와아아아!

파사사사삭.

미노타우로스에게 당도한 광선은 그대로 미노타우로스의 심장을 꿰뚫으며 그대로 지면에 내리꽂혔다.

단발성으로 발사된 것이 아니라, 섬광이 만들어낸 하나의 선(線)이었다.

광선에 노출된 미노타우로스는 계속 고통스럽게 몸을 틀며 신음을 터뜨리다, 이내 육신이 산산조각 나며 사방으로 흩어졌다.

공격은 거기서 끝나지 않았다.

감시탑의 수정 구체가 만들어낸 광선은 여전히 건재했고, 그대로 다음 타깃을 찾아 움직였다.

지이이잉! 파사사사삭!

그나마 몇 초를 버티기라도 했던 미노타우로스와 달리, 작은 변이체들은 광선이 지나자마자 온몸이 고깃조각이 되어 흩어졌다. 그야말로 즉사였다.

"……."

동원은 조용히 그 광경을 지켜보고 있었다.

이것이 바로 고등 문명의 힘인 것일까?

아직 변이체들은 이쪽으로 당도하지도 못했는데, 벌써

죽어나간 수만 해도 23구역에서만 50마리가 넘었다.

광선이 스치고 지나갈 때마다 그 수는 다섯에서 여섯 이상이 꾸준하게 추가됐다.

"하아아아아아압!"

그러는 사이, 정신 집중을 끝낸 에제르가 두 눈을 번쩍 떴다. 그리고 일갈과 함께 감시탑의 광선 사이를 뚫고 들어온 한 무리의 변이체들에게 보이지 않는 무형의 기운을 발출했다.

쿠우우우우웅! 케헥!

허공을 빠르게 훑고 지나간 에제르의 기운이 몸 안에 스며들었다.

그러자 변이체들이 일제히 몸을 웅크리며 신음을 토해냈다. 그러더니 이내 검은 핏물을 몸 전체의 구멍으로 쏟아내며, 그 자리에서 힘없이 앞으로 고꾸라졌다.

핑! 핑! 핑!

운 좋게 살아남은 한 마리의 변이체는 이유리가 처리했다.

이미 첫 발에 머리를 관통당해 숨이 끊어졌지만, 이유리는 연이어 두 발의 화살을 같은 자리에 명중시켰다.

세 발의 화살이 거의 같은 부위에 명중한 변이체는 자기가 죽었다는 사실을 인지하기도 전에 뒤로 나자빠져 버렸다.

"이거, 영 할 일이……."

제자리에서 몸을 풀고 있던 이정우가 심드렁한 표정으로 동원을 바라보았다.

그래도 한 차례 시원하게 전투를 치러볼 만한 기회라고 생각했는데, 워낙에 방어 시설들의 능력이 좋아 변이체들이 접근조차 하지 못하고 있었다.

"이제 곧 재충전 시간이 되네. 그때는 육탄전을 벌여야 해. 감시탑이 만능은 아니니까."

"아, 그런 겁니까?"

이정우의 말에 에제르가 답을 하자, 그 내용을 들은 동원이 감시탑 쪽을 바라보았다.

그러자 에제르의 말대로 재충전 시간이 임박한 듯, 광선의 굵기와 밀도가 점점 줄어들고 있었다.

시선을 돌려 다른 구역을 보니, 이미 광선의 공격 시간이 끝나 변이체와 교전을 벌이고 있는 구역이 보였다.

변이체들은 어떻게든 접근해서 육탄전을 벌이려고 했고, 브리그 족들은 계속해서 신속하게 이동하며 거리를 벌렸다.

그들은 육탄전에는 매우 약했다. 기본적인 신체 구조부

터 해서 동원이 보기에도 정면 승부를 하기에는 약점이 많은 종족이었다.

동원이 에제르를 통해 보았던 공격 방식인 정신 공격. 브리그 족의 주 공격 방식은 바로 그것이었다.

마나의 힘을 쓰는 마법이라고 하기에는 별다른 기운을 쓰는 것 같지는 않았고, 이는 자신들만의 고유한 능력인 것 같았다.

여기서 극명하게 두 종족의 차이가 났다.

정신력을 이용한 공격은 인해전술, 그리고 공격이 쉽게 통하지 않는 상대를 두고는 고전하게 되게 마련이다.

아마 브리그 족이 계속해서 이그라드 족에게 밀리고 밀려 지금의 처지에 이르게 된 것은 브리그 족 특성이 작용했을 가능성이 컸다.

지이잉! 지이잉! 지잉! 쉬이이이…….

"가자! 이 구역은 내주지 않는다!"

"몸 좀 풀어볼까!"

동원이 달려 나가기 시작하자, 뒤를 이어 이정우와 쌍둥이 형제, 그리고 남은 인원들이 따랐다.

그르르르르르릉!

그리고 동원보다 더 빠르게 김윤미의 백랑이 쏜살같이 질주하며, 일찌감치 변이체 하나의 머리를 그대로 물어뜯

으며 달려들었다.

김윤미가 계속해서 손을 양옆으로 휘저으며 무어라 주문을 외우자, 백랑의 몸 전체에서 붉은빛이 감돌며 백랑의 공격이 더욱 광폭해지고 강해졌다.

"좋아."

백랑의 공격에 변이체들의 시선이 잠깐 팔린 사이, 동원이 놈들의 빈틈을 파고들었다.

하나같이 공장에서 찍어낸 것처럼 똑같은 외모를 하고 있는 녀석들.

그렇다면 그 힘은 어느 정도일까.

휘이이이익, 뻐엉!

동원이 정면으로 파워 웨이브를 전개했다.

몰려들고 있는 변이체들의 수가 상당했기 때문에 밀집된 규모가 컸고, 다수의 변이체들이 밀집되어 있는 장소에는 역시 광역 공격이 효율이 좋았다.

뻐어어어어엉!

동원의 파워 웨이브가 작렬하자, 마치 강풍에 갈대가 휩쓸려 눕듯 변이체들이 그대로 지면에 드러누웠다. 머리가 터져 나가며 그대로 숨이 끊어진 것이다.

수만 놓고 보면 동원 일행이 압도적으로 적었지만, 전력에서 작은 변이체들은 상대도 되지 않았다.

사방으로 공격이 이어질 때마다 변이체들이 추풍낙엽처럼 쓰러졌다. 그리고 뒤에서는 계속해서 에제르의 지원 공격이 이어졌다.

변이체들은 고전했다. 동원과 동료들이 시간을 버는 사이, 어느새 감시탑의 충전이 끝났다.

그리고 난전이 이루어지고 있는 한가운데로 굵은 광선이 다시 쏟아지자, 사방으로 핏물이 튀며 고깃덩이가 된 변이체들의 시신이 떨어져 내렸다.

우르르르릉, 그르르르릉.

그러는 사이, 동원은 자신도 모르는 새에 등 뒤에서 반짝이고 있던 섬광과 그 굉음을 확인하고는 시선을 돌렸다.

그러자 장로를 만났던 그 지점에 반짝이는 무언가가 있었다.

흡사 감시탑과 유사한 섬광이었는데, 크기나 느껴지는 기운이 매우 강력했다.

빠지지지직!

그 순간, 강렬한 섬광의 파장이 그대로 사방으로 뻗어져 나갔다.

일직선으로 좁은 범위의 타깃을 노리던 감시탑의 공격과는 달리, 그 수를 셀 수 없을 정도로 많은 가지로 갈라져 나온 일격이었다.

끄아아악! 캬악! 쿠아아아악!

동원 일행과 브리그 족을 피해, 정확히 변이체들만 노린 섬광 공격은 눈 깜짝할 사이에 변이체의 무리들을 통째로 지워버렸다.

말 그대로 번쩍하니 죽어 버린, 그런 일격이었다.

"······."

그리고 적막이 찾아들었다.

대규모 광역 공격이 끝나자, 변이체들의 선발대가 전멸한 것이다.

왜애애애애앵!

하지만 변이체들의 공격은 끝난 것이 아니었고, 사이렌 소리는 다시 울려 퍼지기 시작했다.

"5분 후면 도착하겠군. 다시 정비하게."

"방금 전의 공격은 무엇입니까?"

"고위급의 존재일수록 더욱 강력해지는 공격이지. 나는 일직선의 공격밖에 할 수 없지만, 장로님은 충분한 시간만 주어진다면 방금 전과 같은 광역 공격이 가능하다네. 물론 시간이 필요하지만 말이야."

"그럼 장로님보다 더 위에 계시는 분은 더욱 강력하고도 넓은 범위의 공격이 가능하겠군요."

"그렇지. 하지만 우리 종족에게는 공통적인 약점이 있

네. 그 중간의 공백기지. 태생적인 한계이자 필연적인 약점이네. 그래서 이런 감시탑들이 보조적인 역할을 하지. 하지만 감시탑의 휴식 주기와 우리의 휴식 주기가 겹치게 되면, 아무런 공격도 할 수 없는 빈틈이 생기네. 이때가 가장 큰 위기이고, 피해가 발생하는 시점이지."

"그렇군요."

"그래서 장기적으로 보았을 때는 우리 브리그 족에게 불리한 흐름이야. 변이체들은 점점 저렇게 끊임없이 생산되고 있고, 대규모 물량 공세에는 우리도 버텨내는 데 한계가 있으니까. 로드의 힘만 있어도 이 정도는 아니었을 텐데……. 하지만 로드의 안배를 후회하진 않네."

에제르가 아쉬운 듯, 먼 하늘을 바라보았다.

장로급의 인물이 저 정도의 공격을 구사할 수 있다면, 이들의 꼭대기에 있는 인물인 로드(Lord)는 상상 그 이상의 공격이 가능할 것이다.

하지만 에제르의 말대로 그는 스피어 시스템을 구축하기 위해 자신의 모든 것을 바쳤고, 지금은 사념만이 존재하는 개체가 되었다.

동원은 비록 사념만 남은 존재일지라도, 로드와 꼭 대화를 나눠보고 싶었다.

그라면 더욱 원론적인 문제에 대한 대답과 해결책을 줄

수 있을 것 같았기 때문이다.

다음 공세까지 예측된 5분의 시간 동안, 동원 일행은 부지런히 전장을 돌아다니며 스캔을 통해 스피어를 회수했다.

아주 잠깐의 전투였지만 워낙 많은 수의 변이체가 몰려왔던 탓에 회수된 스피어의 규모가 상당했다.

동원은 전투가 끝나는 대로 각 지역을 돌아다니며 스피어를 모두 회수할 생각이었다.

스피어는 동원을 포함한 스피어러들의 자산이고, 힘의 근원이었기 때문이다.

"이거 예상하지 않았던 짭짤한 수입이 될지도……."

이정우가 신나게 고깃덩이가 된 변이체들의 시체들을 스캔하며 콧노래를 흥얼거렸다.

강해진다는 것. 그것은 스피어러의 삶을 살고 있는 사람이라면 항상 바라고 꿈꾸는 일이었다.

"하나도 놓치는 것이 없도록 스캔해."

동원 역시 꼼꼼히 변이체들을 스캔하며, 스캔이 불가능하다는 메시지가 확실하게 확인될 때까지 모든 시체들을 남김없이 체크했다.

왜애애애앵!

그러는 사이 사이렌 소리의 강도가 더욱 높아졌다.

구우웅! 구웅! 구웅!

변이체들의 두 번째 웨이브가 몰려오고 있었다.

제9장
새로운 국면

교전은 계속됐다.

에제르의 말처럼 인해전술로 밀어붙이는 변이체들의 공격은 점점 더 거세졌고, 각 구역에서 브리그 족들이 1차 방어선을 내주고 후퇴하기 시작했다.

그러다 보니 격전을 치르면서 방어선을 사수한 동원 일행과 에제르의 23구역이 되레 변이체들에게 둘러싸이는 형국이 되어버렸다.

다른 방어선이 후퇴하면서, 돌출부처럼 튀어나온 부분이 되었기 때문이다.

동원과 동료들이 에제르를 비롯한 브리그 족들의 정신 공격 능력을 보고 감탄했다면, 에제르와 브리그 족들은 동원 일행이 보여준 뛰어난 물리적 공격 능력에 감탄했다.

이들이 로드의 안배로 인해 능력을 얻고 강해진 인간이라 하니, 한편으로는 뿌듯함을 느끼기도 했다.

장로는 돌출부로 밀집해서 모여드는 변이체들을 노린 광역 공격을 집중적으로 퍼부었다.

1차 방어선이 감시탑과 함께 무너지긴 했지만, 이어서 구축되어 있는 2차 방어선에는 1차 방어선보다도 더 많은 수의 감시탑이 만들어져 있었다.

쉬지 않고 감시탑은 죽음의 광선을 내뿜었고, 그때마다 변이체들은 잘 다져진 고깃덩이가 되어 숨이 끊어졌다.

그렇게 계속된 교전은 개전 후, 2시간이 지나서야 끝이 났다.

피해 개체만 놓고 보면 이그라드 족이 보낸 변이체의 숫자가 압도적으로 많았지만, 문제는 이들이 몸통이 아니라는 점이었다.

정작 배후에서 이들을 양성하고 조종했을 이그라드 족은 단 하나도 나타나지 않았다.

이 지역에 살고 있는 브리그 족은 이번 웨이브로 인해 1차 방어선 전부를 잃었다.

감시탑 구축은 상당한 시일이 걸리는 작업이었고, 이를 위한 자재를 구하는 것도 꽤 많은 시간을 필요로 했다.

하지만 변이체들은 며칠이 지나면 오늘 몰려든 수, 그 이 상이 만들어지고 또 언제든 자살 공격을 감행하러 올 터. 전투만 놓고 보면 브리그 족과 동원 일행의 승리였지만, 장 기적으로 봤을 때는 또 한 번의 손실을 입은 셈이었다.

전장을 돌며 스피어들을 회수하는 것만 해도 상당한 시 간이 걸렸다.

정말 많은 수의 변이체들이 동원된 웨이브였고, 이곳에 거주 중인 브리그 족도 전원이 동원되어 전투에 참여했다.

이들은 남녀노소 할 것 없이 저마다 정신 공격이 가능했 고, 사명감과 투쟁심도 있었다. 브리그 족의 이그라드 족에 대한 분노는 상상 이상이었다.

그들은 동원 일행의 스캔이 끝나자, 기다렸다는 듯이 토 막 나고 버려져 있는 변이체들의 시신에 불을 질렀다. 시체 가 타면서 나는 매캐한 냄새가 코끝을 찔렀지만, 그들은 표 정 하나 변하지 않고 타오르는 시체들을 묵묵히 바라만 보 았다.

"돌아가는 대로 스피어 안에서 정산을 해보면 규모가 상 당할 것 같아요. 총량을 확인할 수는 없지만, 어림잡아 계산된 스피어만 해도 천 단위를 넘긴 지가 한참인데요?"

서희가 이마를 타고 흘러내리는 땀을 닦아내며 말했다.

그녀뿐만이 아니라 모든 동료들이 그러했다. 게다가 더 고무적인 부분은, 이따금씩 등장했던 미노타우로스들을 제거했을 때는 그 시신에서 스페셜 스피어가 스캔되기도 했던 것이다.

모든 미노타우르스가 그랬던 것은 아니지만, 쉽게 스페셜 스피어를 모을 수는 없는 만큼 짭짤한 수입이었다.

"고생했어, 백랑아. 잠시 쉬자."

김윤미가 백랑의 머리를 쓰다듬으며, 귓가에 무어라 중얼거리자 뜨거운 숨을 내쉬며 숨을 고르던 백랑이 서서히 시야에서 사라졌다.

"하아."

전투에 집중하고 있던 탓에 체력의 소모를 느끼지 못했던 김윤미는 그제야 제자리에 걸터앉으며, 몸에서 썰물처럼 빠져나가는 기운을 신음으로 토해냈다.

"제법이군. 로드의 힘이 바로 그것인가?"

"그렇습니다."

동원 일행이 잠깐의 휴식을 취하고 있는 사이, 어느새 소리 없이 옆으로 이동해 온 장로가 말을 걸어왔다. 동원과 달리 장로를 눈앞에서 처음 보는 동료들은 조심스럽게 뒤로 물러서며 고개를 숙였다.

장로에게선 그에게서만 느껴지는 특유의 아우라가 있었다. 그것은 보는 사람으로 하여금 자연스럽게 고개를 숙이게 될 정도로 강인한 힘이 담겨 있었다.

"이 변이체들이 우리에겐 그저 고깃덩어리에 불과하지만, 그대들에게는 힘의 원천이 되겠지."

"그렇습니다."

"모두 필요한 것들을 취했나?"

"예. 부지런히 돌아다닌 덕분에 스캔이 되지 않는 것들을 제외하고는 거의 99% 이상을 회수했습니다."

"아직까지는 버틸 만한 상황이지만… 이런 흐름이라면 이 구역도 한 달 정도가 지나면 버려야 할 상황이 올지도 모르겠군. 자, 그대들이 원하는 곳으로 보내줄 것이다. 가장 가까우면서도 그대들이 이동해 왔던 포탈과 멀지 않은 방향으로 보내주면 되겠는가?"

"예."

브리그 족과의 첫 번째 만남은 이것으로도 충분했다.

동원의 블랙 헌터 클랜이 관리하고 있는 포탈을 통해서 앞으로도 얼마든지 이곳을 찾아올 수 있었고, 1차적으로 필요한 답을 얻은 만큼 원래의 목적이었던 인질 구출을 목표로 해야 했다.

"다들 준비됐지?"

"이동하죠. 시간을 지체할수록 인질들이 더 위험해질 테니까요. 쉬는 건 돌아가서 해도 됩니다."

동원의 물음에 규현이 가장 먼저 답했다.

다들 격전으로 지친 기색이 역력해 보였지만, 불평불만을 털어놓거나 싫은 기색을 하는 사람은 아무도 없었다.

모두가 똑같이 생각했다. 낭비할 시간이 없다고. 1분 1초가 흐르는 이 와중에도 많은 것들이 변하고 있다고 말이다.

"또 보게 되겠지. 다음번에는 좀 더 많은 이야기를 할 수 있다면 좋을 것이다……."

"곧 찾아뵐 겁니다. 다시 돌아오겠습니다."

"그리하라."

샤아아아아.

말이 끝나기가 무섭게 장로가 동원 일행을 향해 손을 뻗었다.

그러자 모두의 몸에서 한 줄기 광채가 일었다.

"크으으으으음……."

장로가 침음을 흘리며 인상을 찌푸리자 그의 손끝에서 더 많은 빛이 새어 나왔다.

인간과는 전혀 다른 문명체의 능력.

동원은 아주 잠깐이었지만, 정말 영화나 드라마 속에서

나 볼 법한 광경들이 눈앞에서 펼쳐지고 있음에 새삼 생소함을 느꼈다.

스피어가 생겼던 그날부터 상식이 무너진 세상이 되었지만, 지금은 더더욱 그러했다.

이젠 이들과의 만남도 어렵지 않은 일이 되었고, 앞으로 스피어러로서의 삶도 새 국면을 맞이할 터.

더 많은 생각들이 머릿속을 복잡하게 만들었지만, 동원은 남은 부분들에 대해선 복귀한 이후에 생각하기로 하고 잠시 머릿속을 비워두었다.

우우우웅!

그리고.

순식간에 동원 일행의 위치가 변했다.

텔레포트가 이루어진 것이다.

*　　　*　　　*

이동 즉시 전투가 이루어졌다.

변이체와 이그라드 족의 주둔지 근처로 이동될 것이라 생각했던 동원은 그들의 본거지 한가운데서 이동이 완료되자, 상황을 파악할 새도 없이 바로 전투에 돌입했다.

결과적으로는 상대에게 혼란을 야기했고, 주변 환경을

재빠르게 파악한 이정우와 황찬성, 황찬열의 구출조가 움직일 동안, 동원과 나머지 동료들이 시간을 끌었다.

동원은 집요하게 이그라드 족만을 노렸다.

상당수의 이그라드 족들이 머물 것으로 여겨지는 주요 본거지와 달리, 이런 식으로 인질들을 납치한 뒤 중간 과정으로 머물고 있는 곳에는 개체의 수가 적었다.

이그라드의 문명체들도 브리그 족처럼 정신 공격을 썼었다. 첫 번째 전투에서 동원이 만났던 자들이 그런 방식의 공격을 했었지만, 이번에는 달랐다.

외형만 놓고 보면 미노타우로스를 연상케 할 정도로 험상궂고 거대한 체구를 가진 그들은 뛰어난 육체적 능력을 가지고 있었다.

게다가 상처에 대한 재생 및 치유 능력도 뛰어나, 상처를 입힌 부분이 잠시 공격이 주춤한 사이 바로 아물기도 했다.

물론 무한정으로 재생, 치유가 되는 것은 아니어서 시간이 흐르자 점점 회복 속도가 더뎌졌고, 종국에는 죽음을 맞이하게 되었다.

하지만 대다수의 이그라드 족들이 이런 특성을 가지고 있다면, 앞으로의 전투가 쉽게 흘러갈 것 같지는 않았다.

동원 일행은 빠르게 인질들을 구출한 뒤, 자신들이 이동해 왔던 포탈 쪽으로 방향을 잡았다. 브리그 족을 만나기 위해서 이동했던 루트는 포탈에서 북쪽 방향으로 향하는 것이었고, 인질들이 납치된 장소는 포탈의 남쪽 방향이었던 것이다.

그래서 북쪽으로 빠르게 이동하며, 추격해 오는 변이체들을 따돌리거나 제거해 나가며 신속하게 움직였다.

*   *   *

복귀.

포탈을 통해 인질들과 함께 지구로 돌아온 동원은 또다시 기다리던 가족들의 품으로 구해온 사람들을 돌려보내 주었다.

언론의 스포트라이트를 한 몸에 받게 된 것은 당연한 일이었다.

그러던 와중에 스피어러 커뮤니티에서는 예상치 못했던 소식이 들려오기 시작했다. 바로 오염 지대 탐사에 참여했던 가온에 대한 것이었다.

가온 클랜 차원에서의 공식적인 언급은 없었지만, 이번 오염 지대 탐사를 결정하고 추진하는 과정에서 신중한 검토 없이 해당 지역으로 바로 향할 것을 결정했다는 이야기였다.

익명이라고 한 어떤 스피어러는 자신이 가온의 소속 유저이며, 김혁수가 오염 지대 탐사를 결정하는 과정에서 그가 평소와 다르게 상당히 급하게 일을 추진했으며, 간부급의 클랜원들이 위험 가능성을 예로 들어 말렸음에도 불구하고 강력하게 이번 일을 밀어붙였다고 했다.

그럼에도 불구하고 많은 수의 클랜원들이 참여하기를 바랐지만, 랭크 순으로 커트라인이 형성됐고, 자신도 그 커트라인에 미달되어 탈락했다는 이야기였다.

동원은 탈락했다는 익명의 스피어러의 푸념보다는 김혁수의 의사 결정 과정에 주목했다.

오염 지대 탐사는 단어적인 선택이 '탐사'일지는 몰라도, 위험한 부분이 많은 것이 사실이었다.

참여하는 구성원들 각각의 호흡이 좋아야 했고, 해당 지역이 오염되기 전에 어떤 곳이었고, 어떤 지형이 있는지에 대한 상세한 탐색이 필요했다.

동원 일행의 경우 대한민국에서 출발하기 전부터 케인에게 정보를 전달받았고, 이동하는 과정에서도 끊임없이 상세하게 브리핑을 받았다.

도착하기 전에 마치 이미 눈으로 보고 겪어본 장소인 것처럼 완벽하게 숙지했던 것이다.

하지만 저렇게 서둘러 움직였다면 필요한 것들이 완벽하

게 매듭지어지지 않을 가능성이 컸다. 걱정이 됐다.

김혁수는 잠재적인 라이벌이기도 했지만, 동시에 동료 스피어러이기도 했다.

그와 그의 동료들이 위험에 처하길 바라거나, 탐사가 실패하기를 바라는 것은 바람직하지 않았다.

* * *

"확실히… 새로운 국면으로 접어들었어."

그날 밤.

스피어에 접속한 동원은 스캔을 통해 포탈 너머에서 회수해 온 스피어에 대한 정산을 확인하고는 놀란 표정을 지었다.

2,000개에 가까운 스피어.

그리고 10개가 넘는 스페셜 스피어.

잠깐의 전투에서 얻은 보상이었다.

그것도 이와 비슷한 양으로 다른 동료들도 보상을 얻은 것이다.

이제 스피어 시스템과 포탈을 넘어오는 변이체들을 막는 것으로 스피어를 수급하던 시대는 끝났다.

더 강해질 수 있는 방법, 그리고 변이체들의 근원지이기도 한 포탈 너머로 얼마든지 넘어갈 수 있는 시대가 왔다.

동원은 자신도 모르게 두 주먹에 힘이 바짝 들어가는 것을 느꼈다. 지구에 한정되어 있었던 스피어러들의 성장 방식은 바야흐로 종언(終焉)을 고하고 있었던 것이다.

제10장
적(Enemy)

　동원 일행이 브리그 족 에제르와 아소그의 안내를 따라 장로를 만난 날, 그리고 그날 있었던 이그라드의 대규모 변이체 공격을 막아낸 이후 시간은 빠르게 흘렀다.

　이제 동원을 포함한 동료들의 대부분은 A랭크에 진입해 있었다. 여기서 '대부분'이라고 지칭된 것은 중간에 타임아웃으로 인해 랭크 드롭을 경험한 사람이 등장했기 때문이다. 바로 규현이었다.

　지나치게 방심했던 탓에 B랭크 진입 초기, 3단계 퀘스트에서 타임아웃을 경험한 규현은 B랭크 1단계로 드롭을 당했다.

그 바람에 사흘의 시간과 그동안 이뤄놓은 것들이 수포로 돌아갔지만, 그래도 낙심하지 않고 규현은 묵묵히 달렸다.

다만 그 과정에서 동료들과 격차가 벌어지며 이제 A랭크에 속속 진입하고 있는 다른 동료와 달리, 규현은 B랭크의 하드 모드 퀘스트 일곱 번째를 수행 중인 상황이었다. 앞으로 세 차례가 더 남은 것이다.

"하아, 하아, 하아."

한편 동원의 앞에는 이정우가 대자로 드러누운 채, 가쁜 숨을 몰아쉬고 있었다.

이질적인 주변의 배경들. 이곳은 스피어 안이었다.

두 사람은 늘 그랬듯이 스파링 시스템으로 힘을 겨루고 있었고, 이정우는 이번에도 패했다.

전패. 이정우는 단 한 번도 동원을 이기지 못했다. 그나마 처음 동원을 봤을 때는 '해봄 직하다'라고 느꼈지만, 이제는 더욱 커져가는 실력의 격차에 새삼 동원의 힘이 가진 위력을 여실히 느끼는 중이었다.

"언노운(Unknown), 그러니까 기술을 당겨 와서 선행으로 배움으로 인해 이번에 생긴 그 두 번째 얼티밋 말이야.

솔직히 말해서, 사기인 것 같다. 이건 사기라는 말이 아니고서는 설명이 안 돼. 강동원 하나를 상대하기도 힘든데, 어떻게 둘을 상대하라는 건데? 이거… 그 로드라는 작자가 너를 너무 배려해준 거 아니냐. 사기야, 사기. 나도 이럴 줄 알았으면 어떻게든 스페셜 스피어를 더 빨리 모아서 기술을 당겨쓰는 건데……. 이미 다 소진되고 없으니, 꿩 대신 닭으로 배운 기술 강화는 영 아닌 것 같구만."

"무슨 소리야. 이번에도 아슬아슬했어. 정우, 일방적으로 졌다고 생각하지 마. 우린 충분히 대등하게 싸웠고, 내가 기술의 유리함이 있어 겨우 이긴 거다."

"됐다. 과정도 중요하지만, 더 중요한 건 결과야. 내가 졌어. 넌 내가 생각하는 것 이상으로 더 빠르게 강해지고 있다. 정말이다."

"편하게 좀 누워서 쉬다 나갈까?"

"그러자."

"후아, 피로가 쉽게 풀리지 않는군."

동원이 이정우의 옆에 사이좋게 누웠다.

이제 두 사람은 둘도 없는 최고의 파트너가 되어 있었다.

서로 각기 다른 부위를 주 무기로 삼는 두 남자.

동원이 다른 동료들과도 파티 플레이를 종종 하지만, 유독 이정우와 더 많은 시간을 함께하는 것은 그와 호흡이 가장 잘 맞았기 때문이다.

그리고 어떤 대상을 공략함에 있어서도 상단 위주로 타격이 들어가는 동원과 하단을 중심으로 상단을 골고루 타격할 수 있는 이정우의 조합은 매우 좋았다.

물론 동원이 이정우와 파티 플레이 형태의 퀘스트를 한 것은 아니었다. 그 외에도 쌍둥이 형제나 이유리, 서희, 김윤미와도 퀘스트를 하곤 했었다.

다만 이유리나 서희의 경우에는 원거리에서 적을 공격하는 구조상 타깃을 확실하게 잡을 필요가 있었는데, 동원의 움직임이 워낙 빠르고, 그만큼 퀘스트에서 등장하는 몬스터들의 움직임도 빨라지다 보니 때때로 타깃팅을 함에 있어 동원이 방해가 되는 경우가 생기곤 했다.

이것은 호흡이 안 맞아서가 아니라, 동원이 생각 이상으로 움직임이 빠르고 신속했기 때문이다.

그러다 보니 차라리 근접전 형식으로 싸우는 스타일이 비슷한 동원과 이정우가 단기간에 화력을 집중시키기에는 조합이 좋았다.

동원에게 개방된 2차 얼티밋은 매우 강력했다.

어지간히 놀랄 만한 게 아니고선 크게 감탄하지 않는 이정우마저도 혀를 내두를 만한 것이었다.

쉐도우 카운터(Shadow Counter).

완벽하게 의미가 일치하는 단어는 아니었지만, 동원은 기술 당겨오기로 추가 학습된 이 얼티밋의 이름을 그렇게 지었다.

쉐도우 카운터의 무서운 점은 이정우가 말했던 것처럼, 상대의 입장에서는 동원 하나가 아닌 둘을 상대하는 느낌이 들게 만든다는 것이었다. 실제로 들어가는 데미지 역시 그러했다.

동원이 쉐도우 카운터를 활성화시키면, 그 시점부터 2분간 동원의 등 뒤에 동원과 똑같이 복제된 잔상이 생겨났다.

이 잔상은 상대는 타격할 수 없으나, 잔상은 상대를 타격할 수 있었다.

동원이 공격하는 루트, 방식을 똑같이 따라가며 그대로 잔상에게 부여된 공격력이 추가로 들어가는 식이었다.

만약 쉐도우 카운터가 활성화된 상태에서 카운터를 상대방에게 먹인다면, 가뜩이나 어마어마한 딜링이 되는 카운터의 곱절이 되는 공격이 들어가게 되는 것이다.

당초 쉐도우 카운터를 처음 학습했을 때는 동원이 가진 공격력의 10%밖에 반영하지 않아 무시할 수 있는 수준이었다.

하지만 랭크에서 한 단계가 오를수록 잔상의 공격력은 10%씩 계속해서 증가했다.

그리고 쉐도우 카운터를 학습한 이후 10번의 퀘스트를 성공적으로 치른 동원의 잔상은 이제 동원과 '똑같은' 데미지가 나오는 형태로 변해 있었다.

더 무서운 것은… 앞으로 단계가 오를수록, 그리고 다음 랭크인 S랭크에 진입하게 되면 쉐도우 카운터를 전개하는 순간, 2분 동안은 하나의 동원이 아닌 여러 명의 동원을 상대하는 지옥을 경험하게 될 것이라는 점이었다.

"후후, 게임을 하다 보면 말이야, 유저들이 이런 말을 할 때가 있어. 와, 이거는 사기다. 말도 안 돼. 저 무지막지한 딜을 어떻게 감당하란 말이야? 이런 말을 하는 유저들이 정말 많거든."

이정우가 피식 웃으며 말을 이었다.

동원은 두 개의 얼티밋인 피니시와 쉐도우 카운터를 좀 더 적극적으로 사용할 수 있게 하기 위해, 건틀릿도 상당한 스피어를 투자해서 새로이 장만했다.

지난 민간인 납치 당시.

민간인 납치라는 키워드에 언론과 스피어러들의 관심이 집중되어 포커싱이 되지 않았지만, 당시 등장했던 변이체들에게는 과거와 다른 큰 변화가 있었다.

바로 내성의 등장이었다.

변이체들은 각각 어떤 특수한 성질에 대한 내성을 가진 채 나타나기 시작했는데, 100% 내성까지는 아니어도 상당량의 데미지를 흡수하는 것이 가능해 매우 위협적이었다.

이를테면 마법에 내성을 가진 변이체들에게는 서희의 공격이 제대로 먹혀들지 않았다.

다른 변이체들이 타오르는 불길에 비명을 내지르며 녹아갈 때도 마법에 내성을 지닌 변이체들은 유유히 그 위를 넘어왔다. 외피도 원래의 형태를 그대로 유지했다.

반대로 물리적인 공격에 내성을 지닌 변이체는 동원의 카운터에 날아가거나 타격을 입는 정도가 달랐다.

물론 동원의 공격력 자체가 워낙 어마어마했던 탓에 그 내성마저 짓누르는 딜링이 가능했지만, 대다수의 스피어러들이 기본적으로 펼치는 물리 공격의 경우 내성을 가진 변이체들이 어렵지 않게 막아내는 게 가능했다.

그래서 동원은 변이체들이 가진 내성의 유무, 종류에 상관없이 충분한 타격을 입힐 수 있도록 건틀릿을 개조해야 할 필요성을 느꼈다.

기존의 스태틱 건틀릿으로도 마법 판정을 받는 전류 공격이 가능하긴 했지만 파괴력이 부족했기 때문이다.

동원은 건틀릿 중에서 다양한 속성 부여와 능력을 인챈트 할 수 있는 건틀릿을 구매했다.

아무런 특성도 능력도 없는 건틀릿이었지만, 거의 무한 정에 가까운 인챈트가 가능해서 가격이 상당히 비쌌다. 아무것도 없지만, 그만큼 마음대로 채워 넣을 수 있는 공간이 많아 비쌌던 것이다.

이름도 노멀 건틀릿으로 평범했다.

동원은 노멀 건틀릿을 구매한 뒤, 그 안에 다양한 속성과 능력들을 분배하여 넣기 시작했다.

기본적으로 물리적인 공격력을 높일 수 있도록 힘을 높여주는 보석들을 박아 넣었고, 그다음으로 스태틱 건틀릿처럼 일정 포인트가 쌓이면 자동으로 차징되어 마법 공격이 나갈 수 있도록 했다.

그 과정에서 화염, 전류, 바람과 같이 다양한 형태로 마법이 발현될 수 있도록 일일이 개별 인챈트를 했는데, 그 과정에서 스피어가 상당량 소진됐다.

뿐만 아니라, 동원은 공격 시 일정 확률로 다단 히트가 들어가는 보조 공격용 보석도 인챈트했다. 아수라의 분노 버프를 더 빠르게 중첩시켜서 기술 초기화를 유도하기 위함이었다.

상승하는 힘의 수치에 맞춰 폭발적으로 위력이 증가하는 피니시나 자주 사용할수록 파괴력이 극대화될 수 있는 쉐도우 카운터는 초기화가 많이 되면 될수록 적에게 위협이 될 수 있는 기술이었다.

그 과정에서 엄청난 양의 스피어가 투입됐지만, 동원은 그 효과를 확실히 보고 있었다. 이제 스피어 시스템 내에서 상대하는 몬스터들은 냉정하게 말하자면 동원의 상대가 되지 못했다. 내성을 가진 개체가 등장해도 공략에 문제가 없었던 것이다.

*   *   *

"이제 끝이 보이는 걸까?"

"아니, 이제 시작이야. 안개 뒤에 숨어 보이지 않았던 적의 실체를 바로 볼 수 있게 된 거지. 끝은 아직도 한참 남았어. 이제 겨우 포탈 너머에 전진 기지를 마련하고 있는 참인데, 끝은 무슨…… 잘못된 생각이다."

"후후, 네 말이 맞다. 하지만 적어도 비 스피어러들, 그러니까 민간인들은 살 만해졌잖아. 과거와 달리 변이체들의 등장 빈도도 줄어들었고. 물론 포탈 너머에서의 전투는 더 격렬해졌지만."

"싸움터가 지구가 될 필요는 없어. 어차피 치를 전투라면, 민간인들의 희생이 없을 저들의 행성에서 싸우는 게 좋겠지. 아도네스 말이야."

"그래서 사람들은 악몽이 끝났다고 생각하는 것 같다. 적어도 눈앞에서 스피어러들과 변이체들이 피를 흘리며 싸울 일은 없어졌으니까."

"다행이라면 다행인 일이지. 하지만 우리에겐 이제 시작일 뿐이야. 다른 건 없다. 다르게 생각할 이유도 없고."

3주에 가까운 시간이 흐르면서 많은 것이 변했다.

가장 가시적으로 변한 것은 스피어러들의 포탈 너머로의 진출이었다.

물론 모든 스피어러에게 해당되는 사항은 아니었지만, 충분히 정예라고 불릴 만한 전력들은 모두 포탈을 넘어가기 시작했다. 오염 지대 탐사가 활발하게 이루어졌기 때문이다.

현재 동원뿐만이 아니라 다른 국가의 스피어러들도 하나둘 브리그 족을 만나 교류를 시작하고 있었다. 그 과정에서 잡음도 있었다.

브리그 족에게 전력으로 협력할 의지를 밝히고, 그들에 대한 지원을 아끼지 않았던 동원과 달리, 그 와중에도 브리그 족과의 관계를 이용해 이득을 챙기고자 했던 몇몇 단체들이 있었던 것이다.

중국의 어떤 클랜은 브리그 족에게 그들 고유의 정신 능력을 학습할 수 있도록 해주고, 감시탑에 배치된 코어를 양도해 줄 것을 요구하다가 브리그 족의 거센 반발에 전투를 치를 뻔하기도 했다.

이후 동원은 긴밀하게 자신과 연계된 브리그 족을 만났고, 그때마다 장로는 다른 스피어러들의 간사함, 그리고 그들과는 다른 동원에 대한 믿음을 표하며 점점 서로 간의 관계를 좁혀 나갔다.

각각 포탈을 넘어 진출한 스피어러들과 클랜이 저마다 다른 방침으로 브리그 족과 접촉하며 혼선이 생기자 스피어러들은 하나의 연합체를 구성했다.

최소한 인간들, 스피어러들의 입장을 하나로 통일할 필요성을 느꼈던 것이다.

그러나 상황은 녹록지 못했다.

차라리 동원처럼 포탈을 넘어갔을 때 마주친 배경이 브리그 족과 연계된 공간이었으면 나았다.

하지만 어떤 포탈들은 아예 이그라드 족의 본거지 코앞으로 연결된 경우도 있었다.

대표적인 것이 바로 일본 클랜의 경우였다.

그들도 오염 지대를 탐사한 뒤, 부푼 꿈을 안고 포탈 탐사에 나섰다. 자신들과 연계된 15개의 포탈을 통한 대규모 이동이었다.

그 과정에서 클랜 연합체가 구성되어 상당한 인원이 포

탈 너머로 이동했다.

하지만 포탈 너머의 세계는 지옥이었다.

안전 지대가 거의 벗겨져 나가다시피 한 그곳은 이미 이그라드 족이 장악하고 있었고, 심지어는 트랩(Trap)까지 설치되어 있었다.

참살(慘殺).

이 단어로 모든 것이 표현될 수 있을 상황이 펼쳐졌다. 어떤 세상인지 깨닫기도 전에 그들의 공격에 스피어러 전원이 몰살당한 것이다.

싸울 새도 없이 끝나버린 승부였다.

각각의 국가들마다 스피어러들이 포탈 너머에서 접하는 광경이 달랐기 때문에 의견은 쉽게 통일되지 않았다.

이것은 큰 문제였지만, 이제 막 전진 기지의 건설과 진출이 시작된 과도기적 단계에서 어쩔 수 없이 겪어야 하는 진통이기도 했다.

"아, 김혁수 그 사람에게 아직 연락은 없고?"

이정우가 문득 떠오르는 사람이 있었는지 운을 뗐다.

김혁수에 대한 이야기였다.

3주 전에 있었던 '사고'로 인해 지금은 몰락해 버린… 역사의 뒤안길로 사라진 비운의 클랜이 되어버린 가온의 이야기였던 것이다.

"아직은. 하지만 곧 연락이 오겠지. 원수가 된 사이도 아니고, 그 역시 충분히 유능한 사람이니까."

"그래도 뿌린 대로 거두는 것 아니겠냐. 그간 너무 독불장군 식으로 운영한 면이 없지 않았어. 그러니 스피어러들이 안타까워하기보다는 당연한 일처럼 생각했던 거야."

"실력 있는 스피어러들을 잃은 건 두고두고 안타까운 일이 되겠지. 본인은 오죽할까?"

동원의 표정이 어두워졌다.

3주 전, 미국 쪽의 클랜과 연합으로 급조된 탐사대를 이끌고 오염 지대에 진입했던 김혁수와 가온의 클랜원들은 엄청난 피해를 입었다.

사전에 충분히 조사를 하고, 이동하는 내내 필요한 모든 정보에 대해 숙지를 하고 움직였던 동원의 연합 팀과는 달리, 이들은 다른 클랜에 뒤처져서는 안 되겠다는 생각으로 부랴부랴 서둘러 움직인 팀들이었다.

다들 실력에는 자신이 있던 스피어러들이었지만, 오염 지대는 녹록지 않았다. 가장 크게 고전한 것은 변이체가 아닌 바로 식인 꽃 포르기네이의 공격이었다.

급박하게 조사했던 과정에서 놓쳤던 오염 지대의 위험 요소 중 하나였다.

게다가 어두운 밤에 도착했음에도 불구하고 탐사를 서둘

렸고, 시야 확보가 제대로 되지 않는 상황에서 다양한 경로로 공격해 온 곤충 변이체들에게도 피해를 입었다.

잘못된 흐름을 바로잡을 기회는 얼마든지 있었다.

기다림, 조급한 마음을 붙잡고 날이 밝기를 기다린 뒤 차근차근 움직였다면 김혁수의 연합 팀도 충분한 성과를 거둘 수 있었다.

하지만 평소의 김혁수답지 않게 서둘렀고, 안타깝게도 함께 합류한 미국 쪽 클랜의 리더는 김혁수보다 더 조급해하는 모습을 보이며 휘말렸다.

결국 언제 터질지 모르는 시한폭탄을 안고 오염 지대에 들어선 격이 되어버린 김혁수와 가온의 클랜원들은 무리하게 탐사를 벌인 끝에 큰 피해를 입었다.

가장 큰 피해를 입은 구간은 최종 구간, 바로 미노타우로스를 상대할 때였다.

이미 그 전에 이동하는 과정에서 크고 작은 부상을 하나씩 안고 도착한 스피어러들은 괴력을 앞세워 맹공을 퍼붓는 미노타우로스 앞에서 추풍낙엽처럼 쓰러져 나갔다.

오염 지대는 현실이었고, 부활 따위로 살아날 수 있는 공간이 아니었다.

여기서 가온과 미국의 클랜은 큰 피해를 입었고, 겨우 오염 지대에 있던 로드를 제거하고 크리스탈을 얻었지만 상처뿐인 영광이 됐다.

절반이 넘는 손실.

이것은 그동안 대한민국의 스피어러 클랜들이 몇 번의 웨이브를 치르고 변이체들을 상대하면서도 입은 적 없는 피해였다.

부푼 꿈을 안고 출발했던 가온의 유능한 스피어러들의 반수가 죽었고, 소속 스피어러들을 무리한 운영으로 죽음에 이르게 했다는 클랜원들의 무차별 공격이 이어졌다.

물론 김혁수가 의도적으로 클랜원들을 사지에 내몰아 죽게 만든 것은 아니었다.

그는 위험에 빠진 와중에도 최선을 다해 클랜원들을 보호하기 위해 힘썼고, 전투 중에 부상을 입어 운신이 힘든 상태였다.

현장에 함께 있었던 스피어러들은 김혁수의 분전(奮戰)을 이야기하며 논란을 종식시키려 했다.

하지만 가온에 불만이 많았던 차에 탈퇴하기에 좋은 건수를 발견했다고 생각한 스피어러들의 생각은 달랐다. 이를 꼬투리 삼아 김혁수를 비난했고, 마녀사냥이 시작됐다.

언론은 이 문제를 확대 재생산하여 김혁수 한 사람의 잘못인 것처럼 몰아갔고, 함께했던 동료들의 해명은 묻혔다.

김혁수는 변명 대신 스피어러들에 대해 사죄하는 공식

회견을 가졌지만, 이미 몰아치는 광풍을 막을 수는 없었다.

때를 맞춰 다른 클랜들은 적극적으로 가온 소속의 클랜원 유치에 나섰다. 이미 가온이 침몰하는 배의 형국이 되었음이 확실해 보였기 때문이다.

그 과정에서 상당수의 스피어러들이 블랙 헌터로 유입됐다.

가온의 위기를 전략적으로 이용하지 말자는 동원의 결정에 서희나 다른 클랜의 간부들이 적극적으로 움직인 것은 아니었지만, 자연스럽게 스피어러들이 블랙 헌터를 찾은 것이다.

포탈 탐사를 가장 먼저 시작하고, 꾸준히 관련 데이터를 쌓아가며 변화에 대비하고 있는 블랙 헌터 클랜의 모습은 많은 스피어러들에게 깊은 인상을 줬던 것이다.

결국⋯ 가온은 그렇게 공중분해됐다.

소속된 스피어러들은 뿔뿔이 흩어졌고, 그중 핵심이 될 만한 중추 유저들은 대부분 블랙 헌터로 흡수됐다.

다른 클랜들은 가온에서도 하위권에 위치했던 소위 '잔챙이' 유저들을 받아 몸집을 불렸다.

김혁수는 가온의 공중분해로 더 이상 가온에 소속된 포탈들을 관리할 수 없게 되자, 정부 소속의 스피어러들이 대신 관리해 줄 것을 요청했다.

하지만 정부의 스피어러들은 정부가 직접 관리하고 있는 포탈을 관리하기에도 벅찼다. 무엇보다 정부 소속의 스피어러들이 생각보다 많지 않았다.

그 과정에서 서희가 직접 김혁수를 만나 담판을 지었다.

큰돈을 쓸 만한 스피어러의 무구 따위를 가지고 주고받은 협상이 아닌, 앞으로의 미래를 내걸고, 비전을 보여주며 시작한 협상이었다.

서희는 동원을 대신해 앞으로 블랙 헌터가 어떻게 향후의 흐름을 이어나갈지, 새롭게 열린 포탈 탐사의 시대를 어떻게 짜나갈지를 남김없이 브리핑했다.

그리고 힘을 실어달라고 했다. 더불어 김혁수의 마음이 어느 정도 정리되었을 때, 블랙 헌터에서 그를 받아들일 수 있도록 모든 준비를 해놓겠다고 했다.

클랜의 리더 자리까지는 줄 수 없겠지만, 충분한 발언권과 인지도를 가진 간부급의 자리도 보장해 주겠다고 했다.

장시간의 마라톤 회의 끝에 김혁수는 서희의 말을 따라 가온이 관리하고 있던 포탈을 블랙 헌터로 인계하는 공식 문서를 작성했다. 그리고 그 이후 소식이 끊겼다.

그는 대외에 모습을 드러내지 않고 아무에게도 알려지지 않은 곳에서 휴식을 취했다.

퀘스트도 개인 단위로 치른 탓에 그를 보았다는 사람은

아무도 없었다.

그렇게 지나온 3주였다.

포탈 너머의 세계에 대한 이야기들이 스피어러들의 1분 1초를 지겹지 않게 만들었고, 가온과 김혁수에 대한 이야기들도 자연스레 잊혀 갔다.

"김혁수가 오길 바라?"

"나는 서울 스퀘어에서 있었던 빅 웨이브 당시, 그가 얼마나 전력을 다해 싸웠는지 기억하고 있어. 저마다 다른 스피어러들이 한데 모여 있어 오합지졸이 될 수도 있었지만, 그 사람은 이들을 하나로 묶어 전투를 진두지휘했지. 알다시피 결과는 대성공이었어. 그의 명령을 착실히 수행한 스피어러들은 죽지 않았고, 막대한 보상을 챙겼지. 그러지 않고 도망치거나 명령 외의 일을 수행했던 스피어러들은 대다수가 죽었어. 그런 지도력은 아무나 가질 수 있는 게 아냐. 나도 마찬가지지."

이정우의 말에 동원은 고개를 끄덕였다.

김혁수는 필요한 인재였다.

물론 평생을 따라다닐 오염 지대 탐사의 책임에서 자유로울 수는 없겠지만, 정말 그가 스피어러로서 미래를 걱정한다면 돌아와 힘을 보태는 것이 맞았다.

더 부지런히 뛰고, 더 적극적으로 움직이면서 과오를 씻어내기 위해 노력해야 하는 것이다.

지금처럼 어둠 속에 숨어버린다면, 사람과 스피어러들은 영원히 그를 도망자로 기억하고 말 것이다.

"나가면 바로 이동할 거야?"

"그래야지. 장로와 할 이야기가 많아. 이번에는 중요한 이야기를 할 것이 있다고 했으니까."

"인원은 예정대로 넷만?"

"정우, 너는 오염 지대의 탐사를 준비해야지. 이번엔 네 차례다."

"알아, 인마……. 그냥 나도 데이트에 함께 참여하고 싶었을 뿐이야. 정색하기는. 알았다, 나가자!"

"그럴까."

대화를 마친 동원과 이정우는 밖으로 향했다.

지난 3주간, 동원은 클랜에 소속된 모든 클랜원들이 포탈을 넘어갈 수 있게 하기 위해 오염 지대 탐사에 전력을 집중했다. 지금으로서는 크리스탈을 얻을 수 있는 방법이 오염 지대 탐사밖에 없었기 때문이다.

스피어나 스페셜 스피어로는 크리스탈을 구매할 수 없었다.

물론 오염 지대 탐사가 말처럼 쉬운 것이 아니었기에, 동원은 탐사 팀을 꾸리기에 앞서 사전 경험이 있는 스피어러들을 배치했다.

이번에는 동원 일행의 첫 번째 탐사를 제외한, 그 이후의 세 번째 탐사였다.

첫 번째는 동원과 이유리가 맡았고, 두 번째는 서희와 규현이 맡았다. 그리고 세 번째인 이번이 이정우와 황찬열, 황찬성과 김윤미가 움직이게 되는 것이다.

물론 이번 탐사도 미국의 히어로즈 클랜과 공조로 이루어지는 것으로, 이번에 히어로즈 클랜 쪽의 책임자로는 케인이 나온다고 했다. 경험이야 충분한 케인인 만큼, 걱정보다는 큰 기대가 됐다.

사전 조사는 이미 2주 전부터 꼼꼼하게 진행되었고, 참여할 스피어러들은 완벽하게 숙지가 되어 있는 상태. 필요한 건 이동하는 시간뿐이었다.

제11장
재진입

그로부터 2시간 후.

동원과 이유리, 서희와 규현은 장로를 만나기 위해 2번 포탈을 이용해 이동한 뒤 그들의 거처로 향하고 있었다.

2번 포탈에는 간소하게나마 전진 기지가 설치되어 있었다.

지구에서 물건을 날라 올 수는 없는 탓에 아도네스에 있는 나무와 바위, 그리고 브리그 족의 코어 지원 등으로 큰 틀만 구축해 놓은 상태였다.

가장 큰 힘이 된 것은 역시 코어 지원이었다.

임시로 세워놓은 감시탑에 설치한 코어는 5㎞ 내로 변이체들이 접근해 오면 경보를 울리고, 자동으로 최대 충전을 유지하도록 설계되어 있었다.

동원은 임시 거처에 머무르며, 아직 확인되지 않은 서쪽 방향 탐사에 힘쓰고 있는 클랜원들을 격려했다.

1차 탐사, 2차 탐사에서 포탈에 대한 내성을 획득한 클랜원들은 이제 자유로이 포탈 사이를 드나들며 전진 기지 건설에 온 힘을 쏟고 있었다.

이번에 장로를 만나는 일만 없었더라면, 동원도 두 팔을 걷어붙이고 전진 기지의 거주 시설 구축에 힘을 쏟고 있었을 터였다.

"예전에 사람들이 그런 얘기를 하곤 했었잖아요. 이 넓은 우주에 사람이 살 만한 곳이 지구밖에 없다면 그건 큰 낭비일 거라고. 아도네스에 올 때마다 그런 생각을 해요. 정말 지구만 살 수 있는 곳이었다면 우주의 큰 낭비였겠구나… 하고요."

"이렇게 넷으로 움직인 건, 정말 오랜만인 것 같은데요. 문득 처음 만났을 때 생각도 나네요. 첫인상이 썩 좋진 않았죠?"

"많이 안 좋았지. 특히 규현이 너와 나는 더욱 안 좋았잖아?"

"그게 그때는 당연한 반응이었다니까요. 물론 좀 띠껍게 굴긴 했죠, 제가."

흘겨보는 이유리의 눈빛에 규현이 머리를 긁적였다.

지금 생각해 보면 확실히 좋지는 않았던 첫인상이었다.

동원은 서희와 규현의 클랜이 여타 다른 클랜들처럼 이익을 우선시한 채, 현지의 민간인들의 안전이나 다른 것들에 대해서는 전혀 신경을 쓰지 않는 사람들이라 생각했었다.

하지만 시간이 흐르면서 블랙 헌터의 본모습을 알게 되었고, 이후 서희와 규현이 빅 웨이브를 통해 가까워지면서 좋은 사람들이라는 사실도 알게 됐다.

그리고 서서히 가까워지면서 서로가 같은 뜻, 같은 생각을 하고 있음을 알게 되면서 동고동락하는 관계가 됐다. 그 결과물이 지금이었다.

"오빠, 지난번에 장로님을 만났을 때 그분이 운을 떼기를, 진정한 힘의 근원에 대한 이야기라고 했잖아요. 이그라드에 빼앗겨버린 브리그의 코어들이요."

"그랬지."

"무엇에 대한 이야기일까요? 궁금하네요. 그다음을 알려 주지 않았으니까."

브리그의 코어.

장로와의 독대에서 좀 더 자세하게 이야기를 들었던 동원은 어렴풋이나마 '브리그 코어'에 대한 것은 알고 있었다.

이 코어들은 감시탑을 구성하고 있는 소형 코어와는 차이가 다른 것으로 종족의 흥망과도 관계가 되어 있는 아주 중요한 코어였다. 다른 이름으로는 '메인 코어'라고도 불렸다.

장로는 이것을 로드의 안배이자, 스피어러들이 이그라드를 상대할 수 있을 강력한 힘의 원천이라고 했다. 동시에… 이미 변질되어 브리그 족들은 손에 넣어도 쓸모가 없는 물건이라고 했다.

오늘의 만남은 바로 그 메인 코어에 대한 이야기를 듣기 위함이었다.

동시에 이그라드가 유일하게 손에 넣지 못한 하나의 코어, 그 코어를 찾기 위한 여정의 시작이기도 했던 것이다.

먹구름으로 가득한 하늘 탓인지 동원 일행이 도착한 브리그 족의 거주지는 온통 조명들로 밝혀져 있었다.

아도네스에도 지구처럼 낮과 밤이 있는데, 낮은 짧고 밤은 길었다.

그나마 오늘처럼 하늘에 먹구름이 끼거나 구름이 많아

일조량이 적은 날에는 거의 하루가 밤과 새벽밖에 없는 느낌이 드는 것처럼 어둡기만 했다.

동원과 동료들이 나타났을 때, 불과 몇 주 전만 해도 브리그 족들은 경계 어린 시선으로 그들을 지켜보곤 했었다. 서로 신뢰를 쌓을 시간이 부족했고, 또한 서로를 잘 몰랐기 때문이다.

하지만 이제 브리그 족은 자신들의 거주지에 나타나는 동원 일행을 어색하게 여기지 않았다. 그렇다고 두 손 들어 환대하는 것까진 아니었지만, 미소를 지으며 인사를 건네는 브리그 족은 많았다.

그들은 동원과 같은 스피어러들에 대해서 개인적인 접촉을 하지는 않았다. 이에 관해서는 접선 역할을 전담하는 에제르와 아소그가 있었고, 대부분의 대화는 장로가 전담했기 때문이다.

다만 아직 그런 것을 잘 모르는 어린 브리그 족 아이들이 달려와 반갑게 인사를 하는 경우는 많았다.

지난번 방문 때만 해도 아이들이 달려와 손발을 붙잡고 늘어지며 장난을 친 탓에 애를 먹었는데, 오늘은 날이 어두워서인지 아이들이 보이지 않았다.

"세비오르 님에게 바로 갈까요? 아니면⋯⋯."

"아소그에게 가야죠. 세비오르 님이 다른 일을 하고 있을 수도 있으니."

"그래요."

서희의 말에 동원이 답했다.

세비오르. 장로의 이름이었다.

본명은 따로 있었지만, 장로를 뜻하는 단어인 '오르'를 붙여 지칭이 그렇게 된 것이다.

인간들에 비유하자면 천주교에서 붙여주는 일종의 세례명 같은 것이었는데, 장로의 직위를 가진 사람이라면 항상 이름 뒤에 오르가 붙었다.

브리그 족의 구성은 각각의 거주지별로 전체를 총괄하는 장로가 존재했다. 그리고 장로들의 위로는 거주지 여러 개를 묶은 대(大)구역을 관리하는 대장로가 존재했고, 대장로들을 관리하는 대사제가 존재했다. 그다음이 로드였다.

호칭이나 관리 체계를 보면 종교와도 유사점이 있어 보이는 구조지만, 이들은 보이지 않는 신이나 우상은 믿지 않는 무신론자였다.

전적으로 로드의 명령을 충실히 수행하는 자들이었으며, 신에 대한 믿음을 무의미하게 여겼다.

고도로 발달된 문명을 가진 그들에게 신은 의미 없는 존재였다.

"오셨습니까?"

"마침 때가 잘 맞은 것 같군요."

"오늘 방문하기로 한 것을 잊지 않았으니, 기척이 느껴지자마자 바로 온 것입니다. 이쪽으로 오시죠. 에제르 님도 기다리고 계십니다."

아소그는 이제 동원 일행에게 존댓말을 썼다.

장로가 그들을 의미 있는 손님으로 인정했고, 장로 자신과 동등한 위치에 있는 것처럼 대우해 줄 것을 지시했기 때문이다.

아소그는 여전히 인간 스피어러들의 대다수를 믿지 않았지만, 동원 일행만큼은 믿었다.

그들이 지난 시간 동안 함께 이그라드 족의 변이체 공격을 막아주며 보인 희생정신은 흉내 내기 식의 체면치레로 폄하할 수 있는 것이 아니었던 까닭이다.

"장로님께서는 로드와 대화를 나누고 계시네. 그래서 그 누구에게도 방해를 받지 않으셔야만 해. 고도의 집중력을 필요로 하지. 필요한 이야기들은 내가 대신 하도록 허가를 받았네. 그러니 나와 이야기를 하도록 하지."

"예, 알겠습니다."

"자, 다들 자리에 앉지. 이야기가 좀 길어질 수도 있으니 말이야. 게다가 집중해서 들어야 하는 중요한 이야기이거든. 아소그, 준비해 주게."

"예."

에제르의 지시에 아소그는 회의실 한가운데 거대한 화면을 만들어냈다.

약간의 손짓, 그리고 정신 집중. 그것만으로도 홀로그램 화면 같은 것이 단숨에 만들어졌다.

아소그는 계속 두 눈을 감은 채 정신을 집중하고 있었는데, 그러자 순식간에 화면 전체에 아도네스 행성 전체의 지도가 그려졌다. 마치 머릿속의 이미지를 형상화한 느낌이었다.

"거두절미하고, 무엇에 대한 이야기인지, 자네들에게 말하고자 하는 것은 무엇인지 바로 얘기하지. 오늘 할 이야기는 메인 코어에 대한 것이네. 우리 종족이 가진 힘의 근원이었지만, 지금은 이그라드의 것이 되어버린 것에 대한 이야기지."

"역시 메인 코어에 대한 이야기였군요."

에제르의 말에 동원과 이유리, 서희와 규현의 시선이 한데 집중됐다.

"이그라드에 의해 강탈된 우리 브리그의 메인 코어는 총 일곱 개. 그중 여섯 개는 이미 이그라드의 손에 넘어가 변질됐고, 하나는 유실되어 위치를 확인할 수 없었네. 그건 이그라드 역시 마찬가지였지. 그런데 얼마 전에 메인 코어가 있을 것으로 예상되는 지점이 특정됐네. 아주 미약하지만 기운이 감지된 거지. 문제는 우리가 이그라드의 개체들이 지닌 기운을 빠르게 감지할 수 있듯, 저들도 마찬가지란 것이지. 즉, 우리가 움직이면 저들도 움직일 것이고, 경우에 따라선 마지막 남은 코어마저도 저들의 손에 들어가게 될 수도 있어."

"마지막 퍼즐이 완성된다는 이야기입니까?"

"종말, 대폭발, 멸망 같은 극악의 경우까지는 아니더라도, 지금도 감당하기 힘든 이그라드의 공세를 더욱 막아내게 힘들게 되겠지. 지금 저들이 한정적으로 포탈을 넘어가고, 변이체들을 양산하는 것은 톱니바퀴의 마지막이 매듭지어지지 않았기 때문이네."

"그걸 저희가 찾아낸 다음… 그다음은 어떻게 하면 되겠습니까?"

"우리에게는 가져와도 더 이상은 의미가 없는 변질된 물건이네. 하지만 그대들, 그러니까 스피어러들에게는 다르지. 새로운 힘의 근원이야. 힘을 흡수한 스피어러는 그 안에 내재된 만큼의 엄청난 힘을 손에 넣을 수 있네. 그 힘이 있어야 저 탑의 최상층에서 모든 상황을 통제하고, 이 비극적인 악연의 고리를 만든 자그네트를 제거할 수 있겠지."

자그네트.

이름은 동원도 지난 장로와의 만남에서 들어 알고 있었다.

이그라드 족의 군왕이었다.

오랜 기간 발톱을 숨기고 있다가 브리그 족을 기습하여 메인 코어를 빼앗고, 이를 바탕으로 차원의 문을 열어 다른 세계, 행성의 정복에 나선 이그라드의 지도자. 그의 이름이 바로 자그네트였다.

"다른 스피어러도 이 사실을 알고 있습니까?"

"모른다네. 이야기해 주지 않았지."

에제르의 대답에 동원과 다른 동료들은 왜 그랬는지는 묻지 않았다. 이미 알고 있었기 때문이다.

이미 포탈과 연계된 다른 브리그 족과 많은 수의 클랜이 접촉하고 있었다.

세비오르가 관리하고 있는 이 구역의 브리그 족들이 동원의 클랜, 즉 블랙 헌터와 관계를 맺고 있다면, 다른 구역의 브리그 족들은 그에 가까운 포탈에 있는 클랜들과 연이 닿아 있었던 것이다.

하지만 그 어떤 클랜들도 동원만큼의 믿음을 주지는 못했다.

그들의 행동은 조심스러웠고, 때로는 이익을 지나치게 추구하여 이기적인 경향이 많았다. 희생을 달가워하지 않왔고, 그런 '척'이라도 하지 않았다.

상대가 몸을 사리는 만큼 당연히 브리그 족도 마음을 쉽게 열지 않았다.

전략적인 동반자, 협력자의 관계를 유지해야 함은 동의하면서도, 마음과 마음을 열고 연대하는 것에는 부담을 느꼈던 것이다.

"이 지역입니다. 이쪽은 포탈도 전혀 없는 곳이고, 이그라드나 브리그 모두 거주지가 없는 일종의 미개척지이자 불모지입니다. 왜 거기까지 메인 코어가 갔는지는 알 수 없지만… 불행 중 다행인 일이죠."

아소그가 손을 뻗어 화면 속의 한 부분을 특정했다. 그러자 붉은 원 모양의 표시가 깜빡였다.

"최대한 가까운 지점까지는 장로님의 힘으로 이동할 수 있을 것이네. 하지만 남은 거리는 직접 도보로 이동해야 하지. 게다가 그곳에는 누구에게도 속해 있지 않은 사나운 변이체들이 존재하네. 자네들이 얻을 수 있는 보상, 스피어였던가? 그것은 충분히 얻을 수 있겠지만, 그만큼 위험부담이 따르지."

"서둘러야 할 것 같습니다. 이그라드에서도 알고 있는 사실입니까?"

"곧 알게 될 것 같네. 메인 코어를 찾기 위해 행성 전체로 변이체들을 뿌렸으니, 그중 한 놈이 찾을 때가 됐지. 아직 까진 아닌 것 같지만 말이야."

"제 손을 맞잡으시면 위치와 장소, 가는 길에 대한 정보를 인계해 드릴 수 있습니다. 이쪽으로."

아소그의 눈짓에 네 사람은 자연스럽게 아소그에게로 이동해 그의 손을 잡았다. 그러자 손끝을 타고 무언가가 확 들어오는 느낌과 함께 자연스럽게 머릿속에 메인 코어에 대한 정보들이 인식됐다.

그러는 사이, 에제르는 이마 한가운데 검지와 중지를 얹은 채로 무어라 중얼거렸다. 누군가와 대화를 주고받는 모양이었다.

그렇게 두 차례 정도 대화를 주고받은 뒤, 에제르가 미소를 지으며 동원에게 말을 이어나갔다.

"아소그에게 얻은 정보로는 완벽하게 길을 특정해서 가긴 어렵지. 그래서 동료들을 불렀다네. 두 사람, 아니 한 사람과 한 마리의 동물이 자네들과 함께하게 될 거야. 동원, 자네에겐 둘 다 익숙한 존재들일 테고. 나머지 셋도 안면이 아예 없지는 않을 테니… 기다려 보게."

한 마리와 한 사람.

그리고 동원에게 익숙하고, 동료들과도 안면이 있는 존재.

짐작 가는 존재들은 여럿 있었다.

하지만 짐이 되거나 부담이 될 것 같지는 않았다. 이왕이
면 도움을 줄 수 있는 존재는 많으면 많을수록 좋았다.

제12장
코어 탐색

　새 동료들이 도착하기를 기다리는 사이, 동원 일행은 장로 세비오르를 만났다.

　로드와의 대화가 끝난 모양이었다.

　"이미 수많은 판단의 과정들이 있었다. 그리고 그대들이 가장 우리가 생각하는 신뢰의 기준에 적합하다고 여겼다. 이것은 그대들에 대한 특혜가 아니라, 일종의 책임감 부여와도 같은 것이지. 그대들이 메인 코어를 찾아 힘을 얻길 바라지만, 그 힘의 칼끝이 우리에게 향하는 것이 느껴진다면 우리는 그 무엇보다도 최우선적으로 욕망에 빠진 인간을 단죄할 것이다."

"명심하고 있습니다."

언뜻 위압적으로 들리기도 했지만, 동원은 장로의 말을 충분히 이해할 수 있었다.

그들에게는 이미 변질되어 쓸 수 없는 힘의 근원. 하지만 스피어러들에게는 유효한 힘의 원천.

브리그 족은 기대와 걱정을 함께 가지고 있었다.

스피어러들이 이를 손에 넣어 강해질 것이라는 기대, 그리고 인간 본연의 감정 속에 숨겨진 부정적인 것에 대한 걱정. 장로는 그것을 다시 한 번 짚어주고 있었다.

"인간들은 자신의 속마음을 숨기고 겉을 포장하는 데 능하다고 생각하겠지만… 우리에게는 그 본질이 보인다. 그리고 그 본질이 가장 때 묻지 않아 있는 것은 그대들이었다. 이것은 우리가 보이는 믿음의 증거다. 이제는 그대들이 대답할 차례다."

"맡겨주십시오. 전력을 다해 찾아내고, 이그라드의 손에 넘어가지 않도록 하겠습니다. 그동안 스피어를 통해 키워 온 힘들이 무의미하지 않도록 말입니다."

동원이 단호히 말했다.

이유리와 서희, 규현의 표정에서도 결연한 의지가 묻어났다.

영화 속의 장면처럼 지구의 평화, 세계 질서의 유지… 같은 거창한 목표는 아니었지만, 적어도 여기 있는 네 사람은 스피어러들이 궁극적으로 추구해야 할 목적이 무엇인지는 알고 있었다.

이 특수한 능력을 오래도록 유지하면서 평범한 사람들과는 다르게 사는 것? 아니었다.

인간들이 원치 않음에도 시작된 악연을 끊어내고, 예전처럼 평화롭게 살던 시절로 되돌아가는 것.

그것이 최종 목표이자, 지금을 치열하게 살고 있는 이유였다.

"그대들이 무사히 살아 돌아오기를 바란다. 더 많은 믿음을 나눌 수 있도록……."

장로의 눈빛은 평소처럼 차가웠지만, 깊은 생각과 동원 일행에 대한 기대감이 느껴졌다. 말하지 않아도 느낄 수 있는 감정이었다.

똑똑.

그때, 장로의 방 밖에 있던 에제르가 문을 두드렸다.

"도착했나?"

"예, 장로님. 들여보낼까요?"

"그리하라."

드르르르륵.

장로의 허락이 떨어지자, 문이 열리고 동원 일행과 함께 하기로 한 동료 둘이 도착했다.

그 순간 동원 일행의 표정에 환한 미소, 그리고 의외라는 생각이 뒤섞인 묘한 감정이 묻어났다.

"안녕들 하신가?"

"반가워요."

고양이 한 마리, 그리고 브리그 여인 하나.

바로 스피어 안에서 마주쳤었던 암상인 개린드와 오염 지대에서 동원과 첫 대화를 나누었던 브리그 족 개체, 그녀가 눈앞에 모습을 드러낸 것이다.

"야아, 이건 예상하지 못했는데요?"

"어머, 그때 그 암상인이……."

"귀여운 고양이잖아요? 시스템이 아니라, 실제로 존재하는 거였다는 건가요?"

"꽤 오래전의 기억인 것 같은데, 아직까지 죽지 않고 잘 살아 있었군. 목숨을 보전하고 있는 것만으로도 큰 성공이지. 모두들 반갑군."

개린드가 뒤뚱뒤뚱 걸어오며 네 사람에게 인사를 건넸다. 그러자 옆에 있던 에제르가 개린드의 머리를 쓰다듬어 주며 말을 이어나갔다.

"개린드는 자네들이 능력을 더욱 발휘할 수 있도록 필요한 기운을 보태줄 것이네."

"버프 말입니까?"

"이로운 기운을 뜻하는 인간의 단어가 그렇다면 맞다고
할 수 있겠지."

동원의 질문에 에제르가 고개를 끄덕였다.

그리고 이어서 개린드의 옆에 있던 여성이 동원에게 자
연스럽게 인사를 건넸다.

그때는 서로의 언어를 알아들을 수 없어 소통이 되지 않
았지만, 이제는 모두가 브리그 어를 아는 만큼 원활한 의사
소통이 가능했다.

"반가워요, 아이라예요."

"아이라."

"우리는 초면이 아니죠? 한 분을 더 봤었는데, 그분은 오
지 않았네요."

"그렇게 됐습니다. 반가워요, 아이라."

동원이 악수를 청하자, 아이라가 어색하게 동원의 손을
맞잡았다.

브리그 족은 대부분의 감정, 의사 표현을 눈빛 혹은 사념
으로 하는 만큼, 인간들의 스킨십에 대해서는 어색해하는
부분이 있었다.

이유리는 동원과 악수를 나누며 부끄러운 표정을 짓는

아이라를 살짝 노려보았다가, 이내 표정을 바꾸고는 다소 떨떠름한 표정으로 그녀와 인사를 나눴다.

순식간에 인사가 오고 갔다.

개린드는 머리가 좋았다. 원래 개린드는 평범한 동물이었지만, 출입이 금지되어 있는 통제 구역에 들어가 메인 코어와 접촉했고, 그 결과 지성을 지닌 개체가 되었다.

고양이와 유사하게 생겼지만, 고양이는 아니었다. 다만 먹는 것을 즐기고, 항상 배가 불러올 때까지 폭식을 한 탓에 한 마리의 뚱뚱한 고양이처럼 변해 있었다.

"아이라는 정말 빠른 다리를 가졌지. 자네들의 눈이 되어 줄 거야. 누구보다도 더 빠르게 위험 요소를 감지하고 알려 줄 테니."

"든든한 지원군이군요. 감사합니다, 장로님."

"그럼 이제 움직이도록 하지. 언제 이그라드의 족속들이 냄새를 맡고 움직일지 모르니……."

"부탁드립니다."

"자, 다들 이쪽으로 모이지. 개린드, 이것을 받도록."

"귀환용이군요? 이거 정말 귀한 것 아닙니까?"

"만약 코어를 찾게 되어 그 힘을 흡수하게 된다면 이그라드에서 알아채지 못할 리 없지. 그때는 걸어서 이동하는 건 죽겠다는 이야기지. 미련 없이 터뜨려라. 그러면 장로께서 알아서 이쪽으로 인도해 주실 테니."

"예! 귀한 물건이니 조심해야겠군요!"

개린드가 입고 있는 옷 안, 깊숙한 곳에 작은 캡슐을 밀어 넣었다.

정확한 용도까지는 알 수 없었지만, 바로 장로와 커넥팅을 유도해서 이쪽으로 순간 이동하도록 유도할 수 있는 물건 같았다.

준비는 끝났다.

무엇을 찾아야 하는지에 대한 숙지도 끝났고, 가는 길도 아주 세부적인 루트를 제외하고는 아소그 덕분에 머릿속에 자연스럽게 담아졌다.

개린드는 버퍼의 역할을 하면서 팀원들의 전투력을 향상시켜 줄 것이고, 아이라는 동원 일행보다 훨씬 먼 거리의 시야를 탐지하며 위험 요소를 즉각적으로 발견해낼 것이다.

꾸욱.

자연스럽게 동원이 쥔 두 주먹에도 힘이 들어갔다.

이번 일은 단순히 보물찾기 같은 것이 아니었다.

좁게 보면 동원이 더 강해질 수 있는 기회를 잡은 것이었고, 넓게 보면 그동안 열세를 면치 못했던 브리그 족이 반격할 단초를 만드는 것이었다.

이그라드 족의 야심과 욕망이 지금의 비극을 만들어냈다. 70억의 인류들은 직간접적으로 스피어와 포탈, 변이체와 공존하는 삶에 휘말렸고, 그 과정에서 많은 사람들이 희생됐다.

다시는 같은 일을 반복하고 싶지 않았다.

죄 없는 사람들이 희생되는 일도 없었으면 했다. 그 대신, 악순환의 고리를 만든 이그라드의 개체들과는 그 끝을 보고 싶었다.

장로 세비오르는 단언했다. 이그라드가 가진 힘의 근원, 메인 코어가 사라지지 않는 이상 그들은 지구에 대한 욕심을 거둬들이지 않을 것이라고.

그리고 첫 번째 메인 코어의 획득을 시작으로 그들의 요충지에 배치되어 있는 메인 코어를 되찾아야 함을 강조했다.

총 일곱 개의 메인 코어들.

그중 어느 누구의 손에도 들어가지 않은 메인 코어를 찾으러 가는 길이 바로 지금의 여정이었던 것이다.

"……."

장로가 여섯의 동원 일행의 장거리 이동을 위해 집중하는 동안, 에제르와 아소그가 손을 흔들었다.

인간 식의 인사가 익숙해진 두 사람은 환한 미소로 동원과 동료들을 배웅하고 있었다.

후웅! 후웅! 후웅!

이윽고 주변의 공간들이 빠르게 감기는 화면처럼 회전하고 회전했다. 그리고 이내 모든 것들이 한데 뒤섞여 버린 물감처럼 어지러이 휘감기고, 다시 속도가 줄어들기 시작했을 때……

"금방이군요."

주변의 모든 공간들은 전혀 새로운 곳으로 바뀌어 있었다.

*　　　*　　　*

"사막이라고 하면 딱 적당할 것 같은 광경이군요. 왜 불모지인지 알 것 같아요."

"모래 냄새가 물씬 풍기는데요."

이동이 완료되자마자 서희와 규현이 정면에서 불어오는 모래바람에 고개를 돌리며 말했다.

"후후, 여기서 살 수 있는 건 이런 녀석들밖에는 없지."

개린드가 모래 위를 걸어가고 있던 집게벌레 같은 것을 손으로 움켜쥐고는 이유리와 서희 앞에 들어 보였다.

깜짝 놀라는 반응을 예상한 개린드의 장난이었지만, 이

유리는 오히려 집게벌레를 만지작거리며 쓰다듬고는 개린드에게 돌려주었다.

"후아."

개린드가 뜨거운 숨을 내쉬며, 부지런히 양손을 흔들었다. 그러자 무형의 일렁임이 동료들에게 전해지며, 든든한 기운을 몸 전체에 전달했다.

"이건 평소보다 좀 더 신체 능력을 끌어올릴 수 있는 힘이야. 주어진 양만큼 소진되면 원래의 신체 능력으로 되돌아갈 테니 편한 대로 끌어다 쓰면 돼."

파팟!

말이 끝나기가 무섭게 아이라가 달려 나갔다.

그녀는 예정된 방향인 남쪽으로 빠르게 멀어져 갔다.

동원이 지금껏 기동력에서 가장 최고로 쳤던 것은 케인이었다. 민첩성에 특화된 케인은 한 방의 파괴력은 적었지만, 기동력만큼은 발군이었기 때문이다.

그 후로도 개린드는 부지런히 계속 버프를 넣었다.

신체 능력 강화부터 해서 치유, 시력 강화, 후각 강화 같은 오감의 능력을 확대시키는 세부적인 버프까지 자연스럽게 이어졌다.

개린드가 어떻게 이런 능력을 얻었는지는 알 수 없었지만, 개린드 덕분에 소위 '풀 버프' 상태가 되자, 전투 능력이 대폭 향상된 것이 체감됐다.

"오빠, 이건 아주 만약이지만… 이그라드의 여섯 코어, 그리고 아직 주인이 없는 한 개의 메인 코어. 이렇게 총 일곱 개에는 각각 내재된 힘이 있다고 했잖아요. 그 힘은 브리그 족은 이미 변질되어 손에 넣을 수 없지만, 스피어러들은 자신의 힘으로 만들 수 있다고 했죠."

"그렇지."

"그렇다면 메인 코어의 힘을 한 사람에게 몰아주는 게 가장 좋지 않을까요? 예를 들어 메인 코어의 힘이 100이라고 한다면, 100의 힘을 가진 7명의 스피어러보다는 700의 힘을 가진 1명의 스피어러가 더 낫지 않을까 싶은데."

"제 생각도 유리와 같아요. 세비오르의 말의 논지도 비슷했어요. 직접적으로 언급한 것은 아니었지만, 이왕이면 하나의 힘으로 통합해서 가진 절대적인 존재가 필요하다는 뉘앙스였죠."

"저도 그렇게 들었습니다. 만약 아무나 힘을 가지는 게 나았다면, 굳이 리더에게 따로 알려주지 않았을 겁니다. 신뢰를 바탕으로 가장 적합한 개체를 리더라고 판단했을 거고, 우리에게 우선권을 준 거죠. 브리그 족이 선택을 한 겁니다."

"흥미로운 의견들이군. 나는 노코멘트하겠어."

이유리의 말을 시작으로 서희와 규현이 차례대로 의견을 개진했다.

개린드는 흥미롭다는 표정으로 세 사람의 면면을 훑어보고는 콧노래를 흥얼거리며 일행들과 살짝 떨어져 앞서 나갔다. 충분히 대화할 수 있도록 자리를 비켜준 개린드의 배려였다.

"그게 말처럼 쉬운 일은 아니지. 우선 지금 찾으러 가는 메인 코어를 제외하면, 나머지 여섯 개의 메인 코어들은 이 그라드 족의 본거지 한가운데 있어. 단순히 잠입, 위장 같은 것으로 해결될 문제가 아니지. 스피어러들이 힘을 합쳐 싸워야 하고, 그렇게 쟁취해야만 하는 핵심이야."

"필연적으로 충돌이 있을 수밖에 없다는 생각이 들어요, 저는. 과연 우리가 첫 번째 코어를 손에 넣었을 때, 다른 스피어러들이 어떤 반응을 할까요? 남은 힘을 리더에게 밀어주자? 아닐 거예요. 강해지고 싶은 스피어러들은 널리고 널렸으니까. 오히려 자신들이 더 빨리 손에 넣으려고 할지도 모르죠."

"망할 놈의 본성… 인간은 정말 어쩔 수 없는 걸까요? 저도 누님의 의견에 힘이 실리는 것 같습니다."

서희의 말에 규현이 자조적인 푸념을 털어놓았다.

동원은 대답 대신 입술을 굳게 다문 채로 생각에 잠겼다.

규현의 예상과 동원의 생각이 크게 다르지 않았다.

하다못해 가까이서 벌어졌던 일, 김혁수의 일도 그러했다.

김혁수는 블랙 헌터와의 경쟁에서 뒤처지지 않기 위해 무리해서 오염 지대 탐사를 추진했다.

그저 순리대로, 욕심을 조금 버리고 시간을 두고 착실하게 준비해서 떠났다면 지금과 같은 불상사는 벌어지지 않았을 것이다.

그랬다면 김혁수와 가온의 클랜원들은 대다수가 생존하여 돌아와 포탈 탐사를 시작했을 것이고, 조금 늦은 감은 있었어도 가온 역시 포탈 너머의 세계에 전진 기지를 구축하며 새로운 전쟁을 준비했을 터다.

모두가 동원처럼 침착하고 신중하게, 그리고 넓은 그림을 보는 판단을 한다면 문제 될 일은 없었다. 하지만 모든 스피어러들이 동원 같지는 않았다.

그중에는 대의를 위해 싸우고, 오로지 인류를 구하겠다는 일념 하나만으로 투혼을 발휘하는 스피어러들도 있었지만 아닌 경우도 있었다.

스피어를 통해 획득한 무기들을 암시장에 팔아 부를 축적하고, 주어진 능력을 이용해 약자를 괴롭히거나 테러와 같은 행위에 쓰는 자들도 있었다.

스피어러들도 국가마다 추구하는 바가 다르고, 또 그 국가 안에서도 가는 노선이 다르다.

이런 판국에 거시적인 판단으로 메인 코어의 힘을 처음 손에 넣는 스피어러에게 모든 역량을 밀어주자? 동원이 생각해도 실현 불가능한 일이었다.

"우선은 첫 번째 코어부터 획득하는 것을 우선으로 하자. 뒤의 일은 지금 걱정할 필요가 없다. 그건 비생산적인 일이야."

"하긴… 언젠가 마주쳐야 할 현실이지만, 지금 고민해서 도움될 건 없겠죠."

규현이 고개를 끄덕였다.

동원이 대화를 정리하며 분위기를 환기하자, 다시 동료들도 주변을 살피며 언제든 펼쳐질 수 있는 전투에 대비했다.

앞서 나간 아이라는 어느새 점으로 보일 만큼 멀리 떨어진 채 계속 주변을 탐색하고 있었다.

"그래도 예상보다 빠르게 와서 다행이야. 우리는 너희들의 미래에 대해 부정적이었어. 로드께서 해두신 안배는 믿었지만, 인간들이 과연 그 혹독한 스피어 내의 시스템을 견뎌낼 수 있을지가 의문이었지. 하지만 생각보다 많은 인간들이 강인하게 살아남았고, 지금 이렇게 나를 마주하고 있지. 스피어 안에서 만났던 그때가 아직도 기억에 선명하군. 솔직히 그 이후로 죽을 줄 알았는데, 이렇게 만나다니 신기해. 너희들이 가장 빨랐고, 내 눈에는 가장 강해 보인다."

개린드의 입가에는 미소가 걸려 있었다.

말은 가벼운 듯 툭 뱉는 듯하면서도 그의 말과 눈빛에서는 오랜 시간의 기다림, 기대, 그리고 믿음이 묻어났다.

"믿음에 보답할 겁니다. 다시 우리가 사는 땅이 변이체들에게 인간들이 도륙당하는 땅이 되어선 안 되도록."

"힘들 내자고. 음, 근데 저게 뭐지?"

동원에게 격려의 의미로 악수를 청하려던 개린드는 순간 정면에서 희뿌옇게 솟아오르는 모래바람을 보고는 고개를 갸웃거렸다.

멀어지는 듯했던 아이라는 어느새 이쪽으로 전력 질주하고 있었고, 그녀의 등 뒤에서는 거대한 모래먼지가 일고 있었다.

그르르르릉.

이내 흔들리는 지축.

"설마……?"

동원은 예전 스피어에서 경험했던 퀘스트 중 비슷한 그림을 만들어냈던 경험이 떠올라 시선을 정면으로 집중했다. 왠지 주머니 속에 들어 있는 중력 폭탄을 써야 할 것 같은 느낌.

이유리를 처음 만나서 함께 치렀던 파티 플레이에서 마주쳤던 공포의 상대. 김창식을 한입에 집어삼켰던 존재.

그 녀석의 등장이 예상됐다.

제13장
코어(Core)

"선행 학습을 해둬서 새삼스럽지는 않네요."

"모두 준비."

아이라의 등 뒤에서 모습을 드러낸 것은 데스웜이었다.

파티 플레이에서 거대하고 육중한 덩치를 뽐내며 스피어러들을 집어삼켰던 괴물이었다.

몸집만 놓고 보면 위압감을 주기에는 충분하지만, 사실 동원이나 다른 동료들은 데스웜보다는 자폭형 공격을 집중적으로 했던 미니웜이 더 신경 쓰였다.

데스웜은 움직임이 느렸고, 자폭 공격도 없었다. 가장 위험한 부위는 날카로운 이빨이 달린 입이었는데, 그 부분을 피해 후방에서 공격을 하면 그저 질긴 외피로 받아내는 것 밖에는 답이 없는 녀석이었다.

포탈을 넘어오게 된 이후, 그러니까 아도네스 행성에 대해 알아가기 시작하면서 동원은 스피어 시스템 내에 존재했던 배경의 십중팔구가 모두 아도네스의 것이라는 것을 알았다.

항상 보랏빛이었던 식생, 지구의 것과는 다르게 생긴 특이한 동물들, 그리고 데스웜과 같은 괴물들까지. 이것들은 모두 스피어 내에서 구현되었던 것들로 공격 패턴이나 능력 역시 거의 비슷했다.

맨 처음에는 브리그 족의 사람들, 특히 장로나 에제르 같은 자들이 '로드의 안배'에 왜 그렇게 감탄하는지 이유를 알지 못했다.

하지만 이제는 알 것 같았다.

로드는 스피어러들이 아도네스 행성에서 마주치게 될 요소들에 생소함을 느끼지 않도록, 스피어 내에 대부분의 것들을 구현시켰다.

첫 번째 퀘스트였던 볼라키스 산에서의 퀘스트도, 배경이 되는 볼라키스 산이 실제로 여기에 존재했다.

물론 이곳에서 북쪽으로 한참을 올라가야 있는 곳이지

만, 실제로 존재했고 구조도 같았다.

사전 정보와 경험이 있다는 것.

그것은 대단한 자산이었다. 그래서 동원 일행은 데스웜을 보고도 놀라기보다는 어떻게 이놈을 빠르게 공략할지, 그것을 고민하고 있는 중이었다.

"몸풀기는 역시 리더가 하는 게 낫지 않을까요?"

크와아아아아!

데스웜이 지면으로 모습을 드러내며 우악스런 입을 벌렸지만, 일행들은 미동조차 하지 않았다.

되레 심드렁하게 말을 잇는 규현의 의견에 이유리와 서희가 조용히 고개를 끄덕였다.

"그럼 내가 가지."

동원이 앞으로 나섰다.

손가락을 몇 번 움직이며 건틀릿의 양쪽을 어루만지자, 기본 타입의 은색이었던 건틀릿이 붉은빛으로 변했다. 화(火) 속성이 강화된 것이다.

다양한 인챈트가 되어 있는 건틀릿은 설정에 맞게 강화된 속성의 데미지를 높일 수 있도록 설계되어 있었는데, 화속성의 경우에는 데스웜처럼 외피가 단단한 개체인 경우 화상 효과를 입혀 지속적인 피해를 주는 것이 가능했다.

"혹시 모르니까."

화르르륵!

휘이이이이!

동원이 달려 나가려던 찰나, 서희의 파이어 볼 구체가 포물선을 그리며 데스웜에게 날아들었다. 내성을 확인하기 위한 절차였다.

파팟!

"음, 역시 예상대로네요."

데스웜의 외피에 닿은 서희의 파이어 볼은 힘없이 불꽃만 흩날리며 사라졌다.

데스웜의 내성은 마법 내성이었다. 마법이 통하지 않는 개체, 반대로 말하자면 물리적인 공격에는 약한 개체라는 뜻이다.

과아아아아!

서희의 마법 도발에 약이 오른 데스웜이 우악스런 입을 놀리며 동원을 향해 전력으로 머리를 들이밀며 파고들었다.

초창기의 동원이었다면 이리저리 몸을 날리고 바쁘게 움직이며 공격을 피했겠지만, 이제 이런 것들은 예상 범주 안에 있었다.

동원은 데스웜의 머리가 최대한 가까이 접근할 때까지 무표정한 얼굴로 데스웜을 노려보았다. 그리고 바로 코앞까지 데스윕의 이빨이 닿으려는 바로 그때.

파앗!

순식간에 몸을 옆으로 날렸다. 눈 깜짝할 사이에 이뤄진 기동이었다. 개린드의 버프가 있어 더욱 수월한 몸놀림이었다.

활성화된 카운터.

동원은 미련 없이 바로 데스윕의 옆머리를 타격했다. 그러자 뻐억, 하는 큰 격타음이 들리며, 그대로 데스윕의 육중한 몸이 옆으로 나뒹굴었다.

이미 앞으로 달려들던 추진력이 있었기 때문에, 그 힘에 휘말려 몸이 옆으로 넘어지고 만 것이다.

동원은 신속하게 옆으로 고꾸라진 데스윕의 머리 위로 뛰어오른 뒤, 화상 효과로 붉게 변한 데스윕의 머리 한가운데를 향해 그대로 파워 웨이브를 내리꽂았다.

뻐어어엉!

이번에는 방금 전과 달리 울림이 있는 큰 파장이 터져 나왔다.

동시에 동원은 묵직하게 파고 들어간 자신의 건틀릿 끝으로 전해져 오는 머릿속의 파동들을 느꼈다.

꾸웩! 꾸웨에에엑!

방금 전까지만 해도 거대한 몸집으로 잔뜩 겁을 주던 데스윔은 전신을 부르르 떨며, 걸쭉한 무언가를 계속해서 토해냈다. 그리고 풍선처럼 두 개의 눈알이 펑, 펑, 하고 터져 나갔다.

끝이었다.

머릿속이 그야말로 쑥대밭이 된 데스윔은 그대로 숨이 끊어졌다.

10m에 달하는 몸도 이미 끊어져버린 숨통 앞에서는 아무 소용이 없었다.

어느새 생기가 사라진 데스윔의 몸은 빠르게 탈수가 진행되어 갔다.

"스캔해야 하지 않아요?"

데스윔의 죽음을 확인한 동원이 건틀릿에 묻은 데스윔의 살점을 털어내며 자신들을 향해 걸어오자 서희가 물었고, 동원이 답했다.

"스피어는 변이체들에게서만 얻을 수 있어. 이 녀석은 변이체가 아니라 행성에 사는 개체잖아. 관련이 없을 텐데."

"안 그래도 경험하게 되면 설명해 주려고 했는데, 깨달음이 빠르군."

동원의 말에 개린드가 고개를 끄덕였다.

스피어 획득은 스피어 시스템 내, 그리고 변이체들과 제거된 이그라드의 종족들에게만 회수할 수 있었다.

즉, 메인 코어의 영향을 받은 개체들에게서만 얻을 수 있는 것이다.

"쩝, 아쉬운데요?"

규현이 입맛을 다셨다.

내심 이곳에서 맞닥뜨리게 될 개체들을 제거하면 수입이 될 줄 알았는데, 그런 것은 없었다.

이번 목적은 완벽하게 '메인 코어 회수'에 맞춰져 있었고, 다른 요소는 없어 보였다. 물론 그 하나가 매우 중요한 목적이기는 했지만.

"멋지네요. 정말 강해요, 당신은."

아이라가 자연스럽게 동원의 손을 잡으며 말하자, 뒤에서 그 모습을 지켜보던 이유리의 표정이 변했다.

처음 오염 지대에서 마주쳤을 때부터 호감을 느꼈던 걸까?

이유리는 동원을 바라보는 아이라의 눈길이 그저 칭찬과 감탄이 담긴 눈빛만이 아닐 것 같다는 생각이 들었다.

"아이라는 전투에는 최적화되어 있지 않은 모양이군요."

"저렇게 큰 개체는 상대하기 힘들어요. 일대일은 자신 있지만, 거대한 상대라면 힘들어요. 그래도 빠른 다리가 있으니 다행이에요."

아이라가 이마를 타고 흘러내리는 땀을 닦아내고는 다시

앞서 달려 나갔다.

동원 일행이 무심히 지나치는 사이, 생기 가득했던 데스웜의 몸은 어느새 가죽만 남은 흉물스러운 것이 되어 있었다.

휘이이이이!

모래바람은 더욱 거세졌다.

메인 코어가 있을 것으로 예상되는 지점은 문명과는 전혀 접촉이 없는 괴생명체로 가득한 곳이었다.

"긴장들 해. 상대하기 쉬운 놈만 이렇게 한 놈씩 나오진 않을 테니까."

동원의 차가운 목소리가 동료들의 귓가를 파고들었다. 그러자 모두가 잠시 느슨해졌던 감정을 추스르며, 전방의 상황을 주시하기 시작했다.

*　　　*　　　*

이동하는 동안 계속해서 교전이 있었다.

동원 일행의 입장에서는 괴생명체들이 공격해 오는 것이 영 못마땅했지만, 사실 이곳은 불모지임과 동시에 괴생명체로 불리는 개체들의 터전이기도 했다.

다시 말해서, 그들의 입장에서 본다면 동원 일행이 불청

객이고 침입자인 셈이었다.

점점 깊숙하게 들어갈수록 모래바람은 더 거세졌고, 산발적으로 등장하던 생명체들도 규모와 출현 빈도가 잦아지며 끊임없이 동원 일행과 부딪쳤다.

"얼마 남지 않았어."

개린드가 어느새 잠잠해진 모래바람 덕분에 한결 밝아진 시야 사이로 들어온 건물 하나를 가리켰다.

건물은 오래된 원형 경기장 같은, 마치 콜로세움을 연상케 하는 구조물이었는데, 이곳의 풍파에 계속 침식된 탓인지 여기저기가 허물어져 있었다.

푸욱!

그와아아악, 크욱!

그사이 뒤에서 규현을 노리려던 벌레 형태의 괴생명체가 규현의 검에 숨이 끊어지며 힘없이 지면으로 고꾸라졌다.

핑! 피핑! 핑!

이유리는 멀찍이서 접근해 오는 개체들을 속사로 빠르게 잡아냈다.

이 녀석들은 가까이 접근하기 전까지는 피해를 입힐 만한 공격 방식이 없어 상대하기가 편했다.

덕분에 개린드와 동원은 정면에 보이는 건물에 시선을 계속 집중시킬 수 있었다.

"외부에 있을 것 같지는 않은데요."

"물론. 지하로 들어가야 해. 누가 거기에 가져다 놨는지는 알 수 없지만 정말 다행인 일이지."

"이 사실을 안 지는 얼마 안 된 일이지 않습니까?"

"그래서 시간이 없어. 언제 이그라드에서 눈치를 챘을지도 모르고. 우리 종족 내에도 이그라드의 눈이 심어져 있으니까. 분명 배신자가 있어. 그렇기 때문에 코어를 잃었고, 아무리 깊은 곳으로 숨고 또 숨어도 이그라드의 놈들은 은신처를 알아내지."

"찾고 난 이후에는 바로 이동할 수 있습니까?"

"그때를 위해서 바로 이 캡슐이 있는 거지!"

개린드가 장로 세비오르에게서 넘겨받은 캡슐을 보여주었다.

언뜻 보기엔 그저 작은 알약 같은 캡슐이었지만, 순간 이동이 가능한 캡슐이었다.

정확하게 말하자면 세비오르가 동원 일행을 원래의 본거지로 재소환할 수 있도록 연결해 주는 장치인 셈이다.

이 캡슐은 지금은 제작할 수 없는 과거의 것이었다.

브리그의 메인 코어가 존재했을 때는 코어의 힘을 빌려 제작할 수 있었지만, 지금은 그 힘이 사라졌고, 제작은 불가능해졌다.

때문에 개린드가 귀한 캡슐이라 했던 것이다. 기존에 가지고 있던 것을 계속 소진하는 식으로밖에 쓸 수 없었기 때문이다.

가지고 있는 것을 계속 소모하며 버텨야 하는 브리그.

부족한 것을 코어를 바탕으로 생산하며 더 많은 행성, 그 안의 죄 없는 대상을 희생시킬 수 있는 이그라드.

장기전으로 갈수록 불리한 것은 브리그였다.

그래서 더 이번 메인 코어의 회수에 많은 관심이 쏠려 있었다. 단, 대외적으로는 철저하게 비밀에 부쳤고, 장로와 주변 인물들을 제외하고는 아무도 알지 못했다.

"서두르는 게 좋겠군요."

"아이라, 계획한 대로."

"알겠어."

개린드와 아이라가 눈빛을 주고받았다.

꾸웩!

그러는 사이, 마지막으로 하나 남은 개체까지 처리를 마친 이유리와 서희, 규현이 차례대로 동원의 옆으로 합류했다.

개린드가 네 사람을 향해 손을 휘젓자, 기운이 몸 전체를 감싸며 가벼워진 느낌이 들었다. 기동력 상승이었다.

"자, 이제부터는 시간 싸움이야. 언제 나타날지 모르는 이그라드 놈들이니까!"

"어서 들어가요. 여긴 내게 맡겨요."

아이라가 동원과 동료들을 향해 손짓했다. 그러고는 구
조물의 난간을 붙잡고, 벽을 타고 올랐다. 더 멀리, 더 많이
보기 위해서였다.

휘이이이이! 휘이이이이!

이내 걷히는 듯했던 모래바람이 세차게 불었다.

그리고… 동원 일행은 개린드를 따라 빠르게 어둠 속으
로 사라졌다.

"아, 이런……."

바로 그때.

높은 곳에 올라 북쪽으로 보이는 지평선 방향을 바라보
던 아이라의 표정이 흙빛으로 변했다. 모래의 붉은빛으로
가득해야 할 지평선의 끝자락에 검은 점이 가득 채워지고
있었던 것이다.

아이라는 계속해서 전방을 응시했다.

이제 막 코어를 찾기 위해 내려간 상황에서 그들을 불러
낸다면 코어를 찾기도 전에 전투를 치르게 되고 말 것이다.

변이체들의 수는 끝이 없었다.

몰려오고 있는 변이체들은 크기 50㎝ 남짓의 작은 변이

체들이었지만, 모두가 날카로운 발톱과 이빨을 가지고 있어 위험한 녀석들이었다. 게다가 기동성이 좋아 이동 능력이 탁월했다.

"5분… 정도일까?"

아이라가 점점 가까워지는 변이체들과의 거리를 보며 어림짐작으로 시간을 계산했다. 촉박한 시간이다.

아이라는 만약을 대비해서라도, 동원 일행에게 이야기해 둘 필요성을 느끼고는 빠르게 구조물을 타고 아래로 내려왔다.

그리고 통로 쪽 입구의 문을 열고는 큰 소리로 외쳤다.

"변이체들이 몰려오고 있어요! 5분, 5분이에요!"

*　　　*　　　*

"조금만 늦게 출발했어도 아예 손도 못 댈 뻔했네요."

"서둘러, 길은 내가 앞장설 테니!"

아이라의 외침에 동원 일행의 움직임도 덩달아 바빠졌다.

지하로 들어서자 어두컴컴한 내부로 인해 시야 확보가 쉽지 않았다.

그러자 개린드가 무어라 중얼거리듯 주문을 외웠는데,

여기저기서 불빛이 다시 밝혀지며 이내 환한 공간으로 변했다.

출발하기 전, 지하 공간에 대해 숙지하고 온 개린드는 거침없이 달려 나갔다.

동원과 세 동료들은 부지런히 그 뒤를 따랐고, 개린드는 계속해서 이동 속도를 향상시켜 주는 버프를 시전하며 속도가 떨어지지 않도록 했다.

통로는 계속해서 지하 더 깊숙한 곳으로 이어져 있었다.

누가, 왜, 이곳에 메인 코어를 가져다 놓은 것일까.

이유는 알 수 없었지만, 그나마 다행이었다.

만약 이 코어마저도 이그라드 족의 침입으로 빼앗긴 브리그 족의 땅이나, 노출된 지역에 있었다면 진작 그들의 손에 넘어갔을 터.

누가 어떤 이유로 이곳에 코어를 가져다 놓았는지는 중요하지 않았다. 그저 지금은 이 코어에 이그라드보다 좀 더 앞서서 도착해 있다는 것이 중요할 뿐이다.

우우웅! 우우웅!

지축의 울림이 지면에서 지하로 전해지고 있었다.

아직까지는 변이체들과 이 장소의 거리가 있었지만, 워낙 다수가 움직이고 있는 탓에 그 엄청난 파동이 지면을 따라 아래로 전해지고 있었다.

"더 속도를 낸다!"

개린드가 소리치며, 이동 속도를 더욱 높였다.

뒤뚱뒤뚱 걷는 듯한 발걸음이었지만, 이동 속도는 동원보다도 빨랐다. 거짓말 조금 보태 발이 안 보일 정도의 신속한 움직임이었다.

그렇게 나선형의 통로를 따라 2분이 넘게 전속력으로 이동하고 난 동원은 개린드가 멈춰 서자, 그제야 움직임을 멈추고 제자리에 섰다.

"후아, 하아, 하아. 여기… 여기다."

목적지에 도착한 개린드가 가쁜 숨을 몰아쉬며 정면을 가리켰다.

샤아아아아…….

그러자 푸른빛을 띠고 있는 원형의 물체가 보였다. 코어였다.

코어라는 이름이 무색하게 넓은 지하실은 어디서 왔는지 알 수 없는 폐광물로 가득했는데, 그 사이에 코어가 나뒹굴고 있었다.

"아직 오염되지 않은 코어다. 어서 손을 갖다 대! 시간이 없어. 아이라 혼자서는 시간을 벌 수 없어. 이동해야 한다. 서둘러!"

"리더, 어서요!"

"오빠, 망설일 것 없어요. 오빠가 아니면 이 힘을 감당할 수 있는 사람도 없을 거예요."

"동원 씨, 지금이에요."

동료들이 동원을 독려했다.

브리그 족은 더 이상 힘을 되찾을 수 없는 코어.

하지만 스피어러들과 이그라드 족은 이 코어에서 강력한 힘을 얻을 수 있었다.

"후우."

동원이 심호흡을 했다.

두려워서가 아니었다. 코어의 힘을 손에 넣는 과정에서 찾아올 수 있는 고통쯤은 당연히 감당할 자신이 있었다. 그래야만 했다.

코어의 힘을 손에 넣는 순간, 그때부터 최종장을 향한 여정이 시작될 것이다.

이그라드는 더 이상 자신들의 코어가 지닌 힘을 빼앗기고 싶어 하지 않을 것이고, 스피어러들과 브리그 족은 그들의 최후를 보기 위해서라도 남은 여섯 개의 코어를 손에 넣어야만 했다.

그 과정에서 스피어러들 간의 다툼이 있을 수도 있고, 생각지도 않은 경쟁이 생길지도 모른다. 그리고 어리석은 인간들은 같은 실수를 반복할지도 모른다.

코어는 푸르게, 그리고 밝게 빛나고 있었다.

사람 머리 정도 크기의 코어는 깊이를 알 수 없는 푸른빛을 내고 있었고, 영롱했다.

화악!

"크윽!"

동원이 망설임 없이 코어에 손을 가져다대는 바로 그 순간!

엄청난 양의 기운이 손끝을 타고 밀려들어 오기 시작했다.

마치 손끝부터 시작된 불길이 전신을 감싸는 것만 같은 엄청난 고통이었다.

태어나서 처음 겪어보는 통증에 동원의 인상이 순식간에 일그러졌다.

"크윽……!"

동원이 입술을 깨물며 고통을 버텨냈다.

작열통(灼熱痛)과 같은 극심한 통증이 전신을 빠르게 감쌌다.

그리고 그 순간 정신을 내려놓고 싶다는 생각이 들 정도로 고통이 몸속을 파고들어 동원은 고개를 떨구었다.

하지만 그 통증 속에 함께 섞여들어 오고 있는 것이 있었다.

바로 코어의 기운이었다.

동원은 고통과는 별개로 코어에서 자신의 몸으로 들어오는 기운을 느꼈는데, 그것은 동원의 힘을 비롯한 신체적인 모든 능력을 극대화시켜 주는 기운이었다.

본인 스스로가 느낄 수 있었다.

엄청난 고통만큼, 몸에서 일어나는 변화는 긍정적이었다.

"입구까지 도달했어요. 30초도 남지 않았어요!"

"젠장, 바로 준비해야겠군!"

그때, 아이라가 가쁜 숨을 몰아쉬며 안으로 뛰어 들어왔다. 변이체들의 선발대가 코앞까지 당도한 것이다.

개린드는 바로 준비해 두었던 캡슐을 터뜨렸다.

"1분, 1분은 버텨야 해."

"코어는 어떻게 됐어요?"

"흡수 중이야."

아이라의 물음에 개린드가 동원을 가리켰다.

"저희는 진입로를 맡을게요. 시간이 왠지 바로 될 것 같지 않은데요?"

"규현아, 진입로 쪽으로."

"예."

몸을 반쯤 숙인 채, 마치 굳어버린 것 같은 자세로 코어의 힘을 흡수하고 있는 동원을 뒤로하고 이유리와 서희, 규현이 통로 쪽으로 이동했다.

나선형의 통로는 지상에서 지하로 약 5층 정도를 내려온 뒤, 사람 넷 정도가 지나갈 수 있을 만한 진입로를 통해 이곳의 지하실로 연결되어 있었다.

즉, 이 진입로가 변이체들이 들이닥쳤을 때 유일하게 전투 공간이 될 만한 장소였다.

"크으으으윽!"

"기운을 받아들이는 데 집중해! 입구는 알아서 막을 테니. 다른 곳으로 신경 쓰면 그만큼 흡수가 느려져!"

개린드의 다그침에 동원이 입구 쪽으로 돌리려던 시선을 접고, 기운을 받아들이는 데 집중했다.

코어의 기운은 정말 어마어마했다.

동원은 체내를 채워가기 시작한 코어의 기운을 느끼며, 인간의 한계를 뛰어넘을 수도 있겠다는 생각을 했다.

바짝 힘이 들어간 두 다리는 수 미터를 도약할 수 있을 것만 같았고, 순식간에 두꺼워진 양팔은 무엇이든 부숴버릴 수 있을 것 같았다.

왜 일곱 개의 코어에서 힘을 얻으면 이그라드의 로드인 자그네트를 상대할 수 있다고 말했는지 알 것 같았다.

키에에엑! 키에에엑!

그러는 사이 지상의 입구에 위치한 철문을 박살내고 들어온 변이체들이 걸쭉한 침을 사방으로 토해내며 브리그 족과 인간의 냄새를 쫓았다.

하늘 높이 솟은 코를 열심히 들썩이던 변이체들은 이내 나선형으로 지하를 향해 나 있는 계단을 발견하고는 괴성을 내질렀다.

케에에엑!

족제비를 연상케 하는 외모를 가진 변이체들이었지만, 몸의 면면은 온통 흉기투성이었다.

손가락 세 마디 이상의 길이로 자란 발톱과 날카롭게 나 있는 수십 개의 이빨은 위협적이었다.

"누님, 라인을 치는 게 나을 것 같은데요?"

"중력 폭탄은 충분히 있어?"

"수량은 충분해요. 저놈들이 억지로 밀고 들어올 수 있느냐, 없느냐의 문제니까. 미리 불길을 좀 잡아놓죠."

화르르르륵.

말이 끝나기가 무섭게 서희가 허공에 손을 휘젓자, 이내 진입로 앞쪽에 파이어 월의 거대한 불길이 생겨났다.

규현은 오른손에 든 검을 앞으로 내민 채, 왼쪽에는 언제든 던질 수 있도록 중력 폭탄을 준비했다.

파아아앗!

이내 파이어 쉴드가 이유리와 규현을 감쌌고, 반구(半球) 형태의 보호막이 진입로 전체를 감싸도록 형성됐다.

키히히힉!

그러는 사이 성질 급한 변이체 하나가 지상 입구에서 그 대로 허공으로 몸을 날렸다.

나선형의 계단을 따라 지하 5층의 위치에 있는 진입로까 지 내려오는 것보다 뛰어내리는 것이 훨씬 빠르다고 판단 했기 때문일 터다.

"뭐로 보고……."

끼이이익, 피잉!

기세 좋게 위에서 뛰어내리고 있는 변이체를 향해 이유 리가 그대로 활시위를 당긴 뒤, 화살을 날렸다.

쿠웩!

그 순간, 중력을 받아 가속 낙하하던 변이체의 몸이 반대 방향인 위쪽으로 한참을 밀려 올라갔다가 다시 지면으로 수직 낙하하기 시작했다.

물론 방금 전과 달리 이미 숨이 끊어져, 길쭉한 혀를 밖 으로 빼문 채였다.

퍼석! 쿠우웅!

제동 장치 없이 지면에 그대로 내리꽂힌 변이체의 깨진 머리에서 뇌수가 흘렀다.

"지연시킬게요. 중력 폭탄을 최대한 아끼는 게 좋을 것 같아요."

이유리가 미련 없이 T3 기술인 속성 부여 기술을 사용했다.

그러자 그녀의 장전된 화살 끝에 푸른빛의 결빙 구체가 생겨났다.

총 여덟 발의 속성 부여 화살.

이 화살이 타격된 위치로부터 반경 4m의 공간은 부여된 속성에 맞게 상태가 변하도록 되어 있다.

피핑! 핑! 핑! 핑!

이유리는 지상에서 몸을 날렸을 시, 떨어질 것으로 예상되는 진입로 앞의 로비에 해당하는 지점과 지하 3층에서 지하 5층으로 쭉 이어지는 통로 곳곳에 결빙 화살을 날렸다.

속성을 부여받은 채 날아간 이유리의 화살은 순식간에 피격된 지면 전체를 얼려버렸다.

키에에엑! 우엑!

쿠쿵! 쿵! 쿵! 퍼억! 퍽!

통로를 따라 내려오며 가속이 붙었던 변이체들은 지면이 결빙되며 마찰이 줄어들자 그대로 속도를 제어하지 못하고 벽에 부딪치며 한데 뒤엉키기 시작했다.

계속 위에서 밀고 내려오는 변이체들은 이미 미끄러져

버린 변이체들의 머리 위를 밟고 뛰어넘었고, 그 바람에 밑에 깔린 변이체들은 바둥거리다가 질식해 숨이 끊어졌다.

"이거 할 일이 없네."

규현은 입구에서 검을 움켜쥔 채 변이체들이 다가오기를 기다렸지만, 이미 여기저기서 뒤엉켜 난장판이 된 탓에 변이체들은 갈팡질팡하고 있었다.

서희는 계속해서 파이어 볼을 지하 3∼4층으로 이어지는 통로 쪽으로 날렸고, 통로 전체가 불길에 휩싸이자 변이체들은 냅다 몸을 날려 바로 지하 5층까지 낙하했다.

하지만 이미 결빙 처리된 지면은 발을 내딛기조차 어려울 정도로 미끄러웠고, 그 과정에서 변이체들이 또 목숨을 잃었다.

순식간에 통로와 입구는 변이체들의 시체들로 가득 찼고, 그 시체가 길을 막아 변이체들의 동선이 막혀버렸다.

"30초!"

개린드의 목소리가 들렸다.

30초 후, 본거지로의 공간 이동이 개시된다는 신호였다.

비슷한 시기에 동원의 상태도 빠르게 호전되고 있었다.

고통은 잦아들었고, 이내 시원한 느낌만이 몸 전체에 남았다.

가벼웠다.

하지만 예전과는 비교할 수조차 없을 강인함이 몸에서 느껴졌다.

"끝난… 건가요?"

아이라가 조심스럽게 동원의 몸을 어루만졌다.

동원은 대답 대신 고개를 끄덕였다.

고통스러운 시간이 있었지만 견딜 만했고, 메인 코어에 담겨져 있던 힘의 흡수는 끝이 났다.

불과 몇 분 전까지만 해도 푸른빛을 내고 있던 코어는 이제 색을 잃은 회백색의 구로 변해 있었다.

끼에에에엑!

이유리가 시간을 버는 동안, 서희가 아예 진입로를 파이어 월로 도배하다시피 해놓은 탓에 그야말로 진입로는 지옥불의 한가운데가 되어 있었다.

굳이 중력 폭탄을 쓸 필요도 없었다.

외피가 약한 작은 변이체들은 진입하기도 전에 불길에 타 죽거나, 겨우겨우 그 사이를 뚫고 들어오려다 이유리의 화살을 맞고 숨이 끊어졌다.

규현은 악으로 깡으로 겨우 불길을 빠져나온, 그러나 이미 온몸이 만신창이가 된 변이체들의 머리 위에 검을 꽂아 넣었다.

"모두 이쪽으로!"

개린드의 외침에 진입로 쪽에 있던 세 사람이 슬슬 뒤로 물러서며 이동했다.

동원은 만약을 대비해 정면을 응시하는 한편, 목적을 달성한 만큼 미련 없이 떠날 준비를 했다.

비록 힘을 잃기는 했지만, 흔적이 남은 코어를 챙기는 것도 잊지 않았다.

우우우웅! 우우웅!

개린드와 동원 일행이 딛고 선 자리 위로 격렬한 공간의 일렁임이 있었다.

여전히 변이체들은 진입조차 하지 못했고, 이대로 무난하게 빠져나갈 수 있을 것 같았다.

[피라미 같은 놈들…….]

바로 그때.

마치 시간이 멈춰버린 것처럼 모든 것이 멈췄다.

공간 이동이 막 시작되려던 시점에 벌어진 일이었다.

입구에서 타오르던 불길도, 불길 위에서 허우적거리던 변이체들도, 그리고 일렁이던 공간의 비틀림도 멈췄다.

그리고 아주 차갑고도 냉랭한 목소리가 동원 일행의 귓전을 차갑게 때렸다.

"젠장, 간섭이야."

개린드의 표정이 일그러졌다.

공간 이동의 활성화가 최종 단계에 접어들 무렵, 간섭 현상이 벌어진 것이다.

공간을 이동하는 힘은 가벼운 것이 아닌 만큼, 간섭을 하는 것은 쉬운 일이 아니었다. 즉, 간섭이 일어났다는 것만으로도 이 목소리의 정체가 만만찮은 상대임을 암시하고 있었던 것이다.

"그럼 어떻게 해야 해요?"

"인원수를 줄여야 해. 그러면 간섭을 받더라도 활성화시킬 수 있다."

"힘을 얻었으니, 실험해 보는 것도 나쁘지 않을 겁니다. 가는 길은 알고 있습니다. 잘 빠져나가 보도록 하죠."

"아앗, 오빠!"

개린드의 말이 끝나기가 무섭게 동원이 결계 밖으로 빠져나왔다. 그 순간, 이유리의 외침과 함께 다시금 결계가 활성화되기 시작했다.

"리더!"

"후우."

동원은 뒤돌아보지 않았다.

체내에 충만해진 코어의 기운.

스탯을 하나하나 확인할 수는 없었지만, 동원은 예전의 곱절 이상으로 강해진 자신의 상태를 스스로 느낄 수 있었다.

파앗!

그사이 진행이 완료된 공간 이동이 이루어졌다.

동원의 등 뒤에서 동원을 바라보고 있던 일행들은 순식간에 사라졌고, 지하실에는 적막이 감돌았다.

키에에에엑! 쿠에에에엑!

여기저기서 변이체들이 비명 소리가 터져 나왔다.

그리고 지축의 울림과 함께 지상에서 움직이는 거대한 무언가의 소리도 들렸다.

[올라와라…….]

상대는 사념과 비슷한 방식으로 자신에게 말을 걸고 있었다.

목소리는 전달할 수 있지만, 정신을 조종한다거나 간섭하는 것은 불가능한 것 같았다. 그랬다면 진작 그렇게 했을 테니까.

"올라가지."

동원이 심호흡을 했다. 그러고는 전력으로 정면을 향해 질주하며, 아직 숨이 붙어 헐떡거리는 변이체들을 향해 그대로 달려들었다.

퍼억! 뻐억! 빠악!

키에엑! 크에에에엑! 우케에에에엑!

이미 약해질 대로 약해진 변이체들은 동원의 상대가 되지 않았다.

동원의 주먹이 스쳐 지나갈 때마다 변이체들이 비명을 내지르며 쓰러졌고, 스캔을 통해 빠르게 스피어들이 쌓여 갔다.

동원은 불길이 피어오르는 통로를 보고는 양쪽 다리에 힘을 잔뜩 준 뒤 단숨에 도약했다.

약간의 불길에 스칠지도 모르겠다는 생각을 했지만, 예상보다 도약이 훨씬 더 높게 됐다.

메인 코어의 힘을 흡수해 강화된 신체 능력의 영향 덕분이었다.

키엑! 캬악!

동원은 나선형의 계단을 거슬러 올라가며, 밀물처럼 쏟아져 내려오는 변이체들을 제거했다. 날카로운 손톱도, 이빨도 소용없었다.

변이체들은 접근하기도 전에 동원의 건틀릿에 맞아 나가 떨어졌고, 뒤에서 접근하던 변이체들은 앞에서 날아오는 동료 변이체와 정면으로 충돌하며 여기저기 널브러졌다.

게다가 재사용 대기 시간이 종료될 때마다 터져 나오는 파워 웨이브는 그야말로 생지옥이었다.

펑, 하는 울림과 함께 공간에 엄청난 충격파가 퍼지면,

여기저기서 변이체들이 피를 토하며 그대로 고꾸라졌다.

약한 뇌와 신체 기관들이 충격파를 견뎌낼 수 없었던 것이다.

'타이밍이 나쁘지 않군.'

동원은 계속해서 변이체들을 처리해 나가며 어느새 아수라의 분노 버프가 터지기 직전이라는 것을 확인할 수 있었다.

이왕이면 목소리의 상대를 만나기 전에 버프를 터뜨려 두면 괜찮을 것이다.

[후후후……]

지상으로 동원이 막 모습을 드러내자, 30m 정도 거리를 두고 그를 노려보는 목소리의 정체가 있었다.

온몸이 온통 불길로 뒤덮인 변이체였다.

키는 약 3m 정도였고, 온몸이 온통 불길이었다.

사람과 유사한 형태였지만 눈이나 얼굴, 입 그 어떤 것도 보이지 않았다. 마치 인체를 기반으로 한 마네킹에 기름을 잔뜩 뿌리고, 불을 붙여놓은 느낌이었다.

뻐억! 퍼억! 퍽!

동원은 아직 숨이 끊어지지 않은 변이체에게 연타로 펀치를 넣었다. 그러자 아슬아슬하게 9중첩을 유지하고 있던 아수라의 증오가 분노로 바뀌며, 이내 5초의 지속 시간이 카운트되기 시작했다.

동원은 건틀릿을 살짝 만져, 붉은빛이 감돌던 건틀릿을 푸른빛으로 바꾸었다. 결빙에 특화된 속성을 강화시킨 것이다.

상대가 불로 이루어진 개체인 만큼, 정반대의 상성에 해당하는 결빙을 택한 것이다.

동원은 바로 불길로 뒤덮인 상대, 화염체에게로 향했다.

순식간에 거리가 좁혀지고 엄청난 열기가 느껴졌지만, 슈트를 입고 있는 덕분에 충분히 견딜 만했다.

단, 계속해서 열기에 노출되면 빠르게 슈트의 내구도가 감소할 것 같았다.

동원은 미련 없이 바로 쉐도우 카운터를 발동시켰다.

그러자 동원의 등 뒤에 동원의 그림자가 생겨났다.

[호오?]

동원의 적극적인 쇄도가 괜찮은 도발이 된 것일까? 화염체가 동원을 향해 주먹을 내뻗었다.

"훗차!"

가벼운 회피 동작.

예전보다 훨씬 움직임이 간결하고 빨랐다. 뜨거운 열기가 느껴졌지만, 버틸 만했다.

동시에 피니시를 위한 파워 차징이 자연스럽게 이루어졌

고, 동원의 오른손 끝에 강력한 얼티밋의 힘이 실렸다.

[……?]

동원의 공격 패턴이나 방식을 알 리 없는 화염체가 고개를 살짝 갸웃거리는 찰나.

뻐어어어어엉!

[……!]

도약하며 힘을 한 번 더 실은 동원의 일격이 그대로 화염체의 얼굴 한가운데 명중했다.

그 순간 화염체도, 동원도 놀랄 만한 상황이 벌어졌다. 주먹에 정면으로 강타당한 화염체의 머리가 그대로 산산조각이 나버린 것이다. 강력한 한 방이 될 것이라는 생각은 했지만, 예상외였다.

풀썩! 쿠웅!

컨트롤 타워인 머리를 잃은 화염체의 목숨이 당연히 무사할 리 없었고, 생기를 잃은 화염체의 몸은 동원의 일격으로 인해 결빙 상태로 잠식당한 채 그대로 앞으로 고꾸라졌다.

"…이건 정말 예상외인데."

동원이 어리둥절한 표정으로 자신의 양손을 살폈다.

하지만 그것도 잠시, 아직 처리되지 않은 수많은 변이체가 동원의 위치를 파악하고는 사방에서 몰려들기 시작했다.

"이건 좀 머리를 써야겠군. 어차피 목적은 달성했으니까."

피슈우우우우.

검은 재가 되어버린 화염체의 머리, 아니 머리였던 부분이 바람에 흩날렸다.

자기 스스로도 죽음을 예상하지 못한 듯, 쓰러진 화염체는 당장이라도 전투에 임할 것처럼 주먹을 움켜쥐고 있었다.

"자자, 열심히들 쫓아와봐라. 시작해 보자!"

끼리리릭, 퍼엉!

동원이 적당한 자리에 중력 폭탄을 터뜨리며, 빠르게 구조물 밖을 향해 달려 나가기 시작했다.

이미 위치가 특정되어 변이체들이 도착한 만큼, 지원 병력이 추가로 오지 말라는 법이 없었기 때문이다.

동원은 출발하기 전, 지도에서 봐왔던 것에 맞게 이동 루트를 잡았다.

방향은 북서쪽.

그쪽으로 가다 보면 산맥이 나오고, 좁은 길목이 여럿 존재하는 만큼 변이체들이 추격해 올 경우 전투가 수월했다.

게다가 동원은 안전하게 이동을 마쳤을 동료들을 믿었

다. 아마 머지않아 지원을 올 것이다.

키케에에에에엑!

동원이 달리기 시작하자, 변이체들이 괴성을 내지르며 독기를 품기 시작했다.

그사이 주체하지 못한 분노를 머금고 질주하다가 중력장에 갇힌 변이체들은 바닥에 납작 엎드린 신세가 되어 옴짝달싹하지 못하고 10초 동안을 제자리에 머물렀다.

동원은 생각 없이 일직선을 그리며 자신의 뒤를 쫓는 변이체들의 동선을 방해하기 위해 계속해서 중력 폭탄을 던졌다.

그리고 이내 좁은 길목으로 접어들 무렵, 들고 있던 중력 폭탄을 힘껏 사방으로 흩뿌렸다.

퍼펑! 펑! 펑! 펑!

크엑! 쿠에에에엑! 꾸엑!

여기저기서 중력 폭탄이 터지자, 강력한 중력장이 형성되며 지면을 따라, 그리고 벽을 타고 이동하려던 변이체들이 그대로 붙잡혔다.

그중에서 몸이 약한 개체들은 그대로 뼈가 으스러져 죽었고, 어떤 녀석은 중력장 안에 머리만 갇히는 바람에 목뼈가 부러져 죽기도 했다.

동원은 계속해서 빠르게 전장을 이탈해 나갔다.

저 멀리서 모래바람이 일며 또 한 무리의 변이체들이 이쪽으로 향하는 것이 보였지만, 이미 너무 늦은 발걸음이었다.

*　　　*　　　*

동원이 동료들을 다시 만난 것은 그로부터 한참의 시간이 흐른 뒤였다.

동원을 다시 마주친 이유리는 다른 사람의 시선을 의식할 새도 없이, 그대로 동원에게 달려들어 안겼다.

덕분에 지켜보던 서희와 규현이 멋쩍은 표정을 짓기는 했지만, 두 사람도 동원의 무사 귀환을 진심으로 환영했다.

"용기는 가상하다고 할 수 있지만, 그건 무리한 행동이었어."

"제가 나서지 않았더라도, 다른 사람들이 나섰을 텐데요."

"흐흐, 그 정도로 희생정신이 투철한가? 차라리 시간을 좀 더 끌었으면 어떻게든 간섭을 풀고 이동했을 텐데 말이야."

"그래도 결과적으로는 잘되지 않았습니까?"

"아크로스가 한 방에 목숨을 잃을 줄이야."

다시 돌아온 브리그 족의 본거지.

개린드와 아이라는 휴식을 취하기 위해 자신들의 거처로 향했고, 동원은 에제르를 만나 이야기를 나누고 있었다.

에제르는 동원 덕분에 다른 동료들이 안전하게 탈출할 수 있었지만, 그로 인해 동원 본인이 위험에 처할 수도 있었던 점을 지적했다.

이제 동원은 일곱 개의 코어 중 하나의 힘을 손에 넣은 스피어러였다. 절대 없어서는 안 될 귀중한 인재가 된 것이다.

"생각보다 강하지 않았습니다."

"그게 아니야. 아크로스는 보았다시피 온몸이 불덩이로 이루어진 놈이지. 역시 변이체지만, 변이 과정에서 정신력이 비정상적으로 발전했기 때문에 간섭 같은 것을 만들어 낼 수가 있어. 다수의 아크로스가 모이면 공간 이동을 아예 무력화시킬 수도 있지. 아직 전투에서 녀석들을 마주한 적은 없었지만, 이 녀석들이 우리 종족이 고전을 면치 못하게 한 존재야. 공간을 활용하는 능력을 약화시키니까."

"음……."

"그만큼 자네의 힘이 강해졌다는 것이네. 거대한 화염으로 이루어진 개체이기 때문에 접근하기도 쉽지 않고, 유효한 공격을 가하기도 어렵지. 불에 대해서는 완벽한 내성이야. 그런 놈을 한 방에 보냈다는 건, 자네의 힘이 강하다는 증거임과 동시에 코어의 힘이 얼마나 무한한 잠재력을 가졌는지 보여주는 바라는 이야기이네."

"장로께서 찾으십니다."

무사 귀환의 반가움과 이에 대한 복기를 하는 사이, 아소그가 장로의 명령을 전달했다.

코어의 힘을 손에 넣었으니, 이제 장로 세비오르를 만나 그다음 이야기를 들을 차례였다. 계획은 성공적으로 마무리되었고, 희생자는 없었다.

"이동하지."

"그렇게 하죠."

아소그가 선두에 서고, 동원과 에제르가 뒤를 따랐다.

코어의 힘을 손에 넣은 스피어러.

일곱 번째 코어의 힘은 이그라드의 것이 아니었고, 드디어 반격의 싹이 튼 것이다.

아직 겉으로 내색하고 있지는 않았지만, 에제르는 아주 큰 첫발을 내디딘 것이라 생각하고 있었다.

제14장
예고되는 전쟁

[해당 스피어러가 메인 코어(Main Core)의 힘을 손에 넣었습니다.]

"후후, 후후후……."

그 시각.

블랙 헌터의 사무실 앞에서 이정우를 만나기 위해 막 발걸음을 내디디려던 한 남자가 자신의 앞에 출력된 메시지를 보고는 미소를 지었다.

면도를 하지 않아 삐죽삐죽하게 난 수염.

하지만 그 안에 숨겨진 날카로운 눈매와 살기.

양손으로 굵직한 바스타드 소드를 휘두르기에 손색이 없을 정도로 군살 없이 자리 잡은 상체의 근육들.

　바로 김혁수였다.

　"……."

　사무실 앞에 서 있는 김혁수를 본 블랙 헌터의 스피어러들은 조심스럽게 뒤로 물러섰다.

　물론 김혁수는 무장을 한 상태도 아니었고, 어떤 위협도 취하지 않았지만 그의 명성은 여전히 그대로여서 스피어러들은 이를 두려워했다.

　"싸우러 온 게 아니야, 이야기를 하러 온 거지. 다들 축하해야 하지 않나? 블랙 헌터 클랜의 리더가, 바로 당신들의 리더가 엄청난 힘을 손에 넣었는데 말이야."

　끼이익.

　"반갑습니다, 김혁수 씨. 그날 이후로 두 번째죠?"

　이내 사무실의 문이 열리고…

　냉랭한 어조로 말을 이어가는 김혁수를 이정우가 반갑게 맞이했다.

　"반갑군요."

　"기다리고 있었습니다."

　이정우가 운을 떼며 김혁수를 안으로 안내했다.

　혹시나 블랙 헌터 클랜에 해코지하러 온 것은 아닌가 하는 스피어러들의 수군거림이 이어졌지만, 정작 본인과 이정우는 신경 쓰지 않는 눈치였다.

"그날 이후로 직접 보는 건 오늘이 처음인 것 같군요."

"그러네요. 그리 유쾌한 기억은 아니지만, 좋은 경험을 했던 기억이기는 하죠."

블랙 헌터의 사무실 안.

테이블 하나를 두고 이정우와 김혁수가 마주 앉아 김이 모락모락 피어오르는 커피를 조심스럽게 들이켰다.

과거 말끔했던 김혁수의 모습과 달리, 오늘 이정우의 눈에 보인 김혁수는 야성적인 인상이 강했다.

정돈되지 않은 머리나 길게 자란 수염은 부잣집 도련님을 상상하게 했던 과거의 김혁수와는 달랐다.

"마음을 정리하신 건가요? 함께하시겠습니까?"

이정우가 돌릴 것 없이 단도직입적으로 물었다.

몇몇 스피어러는 김혁수가 셈이 빠르고 이해타산에 맞게 움직이는 사람이라 배신하거나, 혹은 블랙 헌터를 재기의 발판 등으로 이용할 것이라는 예측을 많이 했다.

그가 과거에도 목적을 위해 수단과 방법을 가리지 않는 모습을 줄곧 보여주곤 했기 때문이다.

하지만 동원을 비롯해 동료들, 특히 이정우의 생각은 달랐다.

그는 충분한 능력을 가진 사람이었고, 리더로서의 자질도 충분히 있던 사람이었다.

다만 추구하는 방향이 달랐을 뿐이고, 그 결과물이 비극적이었을 뿐이다.

그에 의해 사라진 목숨들이 다시 살아 돌아올 수는 없을 것이고, 이것은 안타까운 일이다.

하지만 김혁수 같은 인재가 아무것도 하지 않고 그대로 사라지는 것도 스피어러 전체의 그림으로 보면 큰 손해였다.

"조건이 하나 있습니다. 다른 것은 필요 없습니다. 간부의 자리를 바라는 것도 아니고, 특혜를 바라는 것도 아닙니다만."

김혁수가 손가락 하나를 펴 보이며 말했다.

이정우는 미소를 머금은 얼굴로 고개를 끄덕였다.

"편하게 말씀해 보시죠."

"함께하던 동료들이 있습니다. 그 일이 있은 이후에도 곁을 지켜준 녀석들이죠. 이 녀석들도 함께 받아주었으면 합니다. 앞서 말씀드렸듯 특별 대우를 바라지는 않습니다. 그저 조용히 본래의 일에 전념하고 싶을 뿐입니다. 스피어러로서 강해지는 것에만…… . 그 이상의 것은 신경 쓰고 싶지 않군요."

진지하게 말을 이어가는 김혁수의 목소리에서는 왠지 모를 피곤함과 지친 기색이 묻어났다.

그는 분명 리더로서의 자질을 갖춘 사람이었고, 불과 얼마 전까지만 해도 대한민국의 명실상부한 1위 클랜의 수장이었지만… 그 이면에 숨겨진 부담감, 중압감이 있었을 것이다.

이정우는 그런 김혁수의 감정이 충분히 이해가 갔다.

이미 동원과 사전의 대화를 통해 김혁수에게서 예상되는 제안, 대우 등을 생각해 두었던 터라 이야기는 어렵지 않았다.

"그렇게 하시죠. 조용히 처리하겠습니다."

"감사합니다. 그럼 동원 씨, 아니 리더는 언제?"

"오늘 저녁 중으로는 돌아오지 않을까 싶습니다. 리더가 돌아오는 대로 제가 출발하게 될 테니, 그 전까지 저와 그간의 이야기를 좀 더 편하게 나눠보시죠. 듣고 싶은 이야기들이 많습니다."

"후후……."

이정우가 좀 더 다정하게 말을 이어나가자, 김혁수가 아쉬움이 가득 묻어나는 웃음을 흘렸다.

김혁수는 사무실 창밖으로 보이는 흐린 하늘을 보며, 한참을 말없이 입을 꾹 다물고 있었다.

이정우는 아직까지 완벽하게 정리되지 않은 김혁수의 마음이 충분히 이해가 갔다.

그리고 그가 스스로 입을 열 때까지, 조용히 그의 말을 기다렸다.

* * *

"강해졌군."

"장로님께서 신경 써주신 덕분입니다. 더 큰 책임감을 느끼고 있습니다."

홀 안으로 들어서자, 장로 세비오르가 동원을 바라보며 살짝 미소를 지었다.

그는 동원을 보고 있는 것만으로도 변화된 힘을 느낄 수 있는 것 같았다.

"이제 첫발을 내디뎠을 뿐이다. 앞으로 나가야 할 길이 더 멀고 험난할 것이다. 그대는 우리 브리그 족의 믿음을 저버리지 말아야 한다."

"명심하고 또 명심하겠습니다."

예전과 달리 세비오르에게서 느껴지는 말투에서는 부탁에 가까운 어조가 느껴졌다.

차갑고 냉랭한 목소리인 그였지만, 그 말에서만큼은 동원이 큰 힘이 되어주었으면 하는 바람이 담겨 있었다.

"아직 로드의 시험을 전부 통과하지는 않았겠지? 현재 상태가 어떻게 되는지 말해줄 수 있을까?"

"로드의 시험이라 하시면… 스피어를 말씀하시는 겁니까? 랭크를 말하고 계신 것이군요."

동원의 말에 세비오르가 고개를 끄덕였다.

서로가 똑같은 것을 두고 지칭하는 단어가 다르긴 했지만, 이해하기가 어렵지는 않았다.

"A랭크입니다. A랭크 3단계인 상황이고, 아직 하드 모드는 수행하지 않았습니다."

"잠시……."

동원의 말에 세비오르가 허공에 무언가를 빠르게 띄웠다.

그러자 피라미드 모양의 그림이 출력되고, 그 아래부터 차례대로 F, E, D, C, B, A 순으로 알파벳이 위로 이어졌다.

피라미드 구조에 맞게 올라갈수록 알파벳이 역순으로 줄어들며 범위가 좁아지는 식이었다.

스으윽.

세비오르는 자신이 보고 있던 그림을 회전시켜 동원에게

보여주었다.

그러자 흐릿하게 반전된 모습으로 보이던 그림이 동원에게 보여졌다.

"에스(S)."

아래에서부터 익숙한 알파벳을 따라 올라오던 동원의 시선은 꼭대기에 위치한 S에서 멈췄다.

아래서부터 쭉 훑어보면 각 랭크마다 표기는 F10, F10*로 되어 있었다. 별표가 추가로 붙는 것은 하드 모드 퀘스트의 수행을 의미하는 것 같았다.

그런 식으로 쭉 올라오는 표기는 A10에서 다시 A1*로, 여기서 A10*까지 이어졌다.

즉, 각 랭크마다 하드 모드를 포함해 20단계가 존재하는 셈이다.

하지만 S랭크는 S에서 끝이었다. 꼭대기에 위치한 이 알파벳 이후로는 아무런 표시도, 추가되는 부분도 없었다.

"로드의 시험은 바로 그 꼭대기에서 끝이 난다. 그대에게 얼마 남지 않은 목표이기도 하다."

"끝이… 있군요. 그렇다면 그다음은… 스피어에서 해방되는 것입니까?"

"목숨을 건 시험을 매번 반복할 필요가 없어지게 된다. 그만한 자질을 갖춘 전사이고, 더 이상 걱정할 것이 없을 만큼 실력을 가졌다는 뜻이니까. 마지막 시험을 통과하면, 로드는 다시 한 번 그대에게 힘을 실어주실 것이다."

"끝이 있다⋯⋯."

동원은 한참을 알파벳 S에 시선을 고정시킨 채 떼지 못했다.

스피어에 끝이 있다는 것은 한 번쯤 생각해 보았지만, 먼 미래의 일이라 여겼기 때문이었다.

한편으로는 실감도 됐다. 이제 클라이맥스를 향해 달려가고 있는 변이체, 이그라드 종족과의 전투가 임박했음을.

"최종 시험을 통과하고 나면, 그대는 아무런 제한 없이 스피어를 통해 행성에서 얻은 힘을 교환하고, 필요한 물건들을 구하고, 생각을 가다듬을 수 있다."

"시간의 제한이 있지 않습니까?"

"제한은 없다. 하지만 그대의 생체 시계는 흘러가겠지. 의미 없는 생각이다."

자유로이, 그리고 제한 없이 스피어에 들어갈 수 있다면 현실의 시간은 동원을 기준으로는 멈출 것이다.

즉, 스피어 안에서 10년을 있어도 스피어 밖에서는 단 1초도 흘러가지 않는다는 이야기다.

세비오르는 동원의 그런 예상을 의미 없는 것으로 치부

했다.

실제로 그러했다. 스피어러로서 첫발을 내디뎠던 초창기였다면 무제한으로 스피어 내의 시간이 주어졌을 경우, 신체 조건을 강하게 만드는 일부터 했을 것이다.

하지만 지금은 더 이상 신체적인 부분, 그러니까 약간의 근육을 늘리거나 군살을 빼보겠다고 스피어 안에서 죽치고 있을 필요는 없었다. 세비오르의 말대로 의미 없는 행동인 것이다.

스피어 시스템의 끝이 있다.

그 말은 스피어라는 시스템이 가지는 그 자체의 부담감에 대한 해방의 예고이자, 본격적인 전투의 시작을 알리는 것이기도 했다.

기대가 되면서도 한편으로는 걱정도 됐다.

"에제르, 잠시 나가 있도록."

"예."

홀 안에서 동원과 세비오르의 대화를 묵묵히 기록하고 있던 에제르는 세비오르의 지시에 바로 밖으로 나섰다.

그러자 홀 안에는 적막이 감돌았고, 동원과 세비오르만이 남았다.

세비오르는 눈짓으로 옆에 놓인 의자를 하나 가리켰다. 그리고 자신은 동원의 맞은편에 놓인 의자에 앉았다.

푸른 피부를 가진 갈색 눈의 존재.

황색 피부를 가진 검은 눈의 존재.

전혀 다른 문명체의 만남이었지만, 처음과 달리 지금의 서로에게서는 어색함이 묻어나지 않았다. 단, 서로를 존중하고 위해주는 약간의 거리감은 느껴졌다.

"운이 좋았다고 할 수도 있고, 이 모든 것이 로드의 안배에 들어 있는 것일 수도 있다. 우리는 그대를 통해 코어 하나를 되찾았고, 그 힘은 그대에게 온전히 흡수되었다. 남은 것은 총 여섯 개. 각각 이렇게 배치되어 있다."

세비오르는 동원에게 지도를 보여주었다.

브리그 문명과 대화를 나눌 때 동원이 가장 특이하게 느끼면서도 편리했던 점은, 그의 머릿속에 들어 있는 생각이나 이미지들을 바로 실체화할 수 있다는 것이었다.

지금도 세비오르는 동원에게 자신의 머릿속에 담겨진 지도의 이미지를 그대로 출력해 보여주었고, 걸리는 시간은 아주 짧았다.

"붉은색은 이그라드의 영역을 상징하는 것이고, 이것들이 코어의 위치… 그리고 검은색의 점이 자그네트와 그의 수하들이 있는 탑입니까?"

동원의 물음에 세비오르가 대답 대신에 고개를 끄덕였다.

아도네스 행성 전체를 그린 지도에서 붉은색의 영역은 7할 이상을 차지하고 있었다.

푸른색의 영역은 2할이 채 되지 않았고, 밀집도가 높은 붉은색 영역에 비해 여기저기 퍼져 있었다. 푸른색 영역은 당연히 브리그 족을 상징하는 것일 터다.

그리고 나머지 구간은 불모지로 동원이 방금 전 다녀왔던 괴생명체들의 터전이었다.

아무도 살 수 없는 곳이다.

붉은색 영역 위에는 적갈색의 점이 여섯 개가 찍혀 있었는데, 그것들은 각기 일정한 간격을 두고 벌어져 배치가 되어 있었다.

그리고 자그네트와 이그라드의 주 전력이 뭉쳐 있는 탑은 지도에서 북동쪽 끝자락에 자리하고 있었다.

지금 동원이 있는 쪽이 지도 중심을 기준으로 남서쪽으로 반 정도 간 위치에 있으니, 상당한 거리가 떨어져 있는 셈이었다.

"코어의 힘을 빼앗거나 우리가 흡수한다면 더 이상 그곳에서는 변이체들이 생성되지 않는다. 변이체들이 없는 이그라드는 충분히 상대할 만한 존재들이다. 물론 이 엄청난 힘의 대다수를 흡수한 자그네트는 논외로 해야겠지만… 그대들의 힘으로도 충분히 상대해 볼 수 있다."

"총력전이 되겠군요."

"그렇겠지."

지도로 보기엔 언뜻 간단하게 보일지 몰라도, 동원은 이미 느끼고 있었다. 많은 스피어러와 브리그 족이 함께하는 대전투가 되리라는 것을.

브리그 족이 이그라드 족이 변이체들을 부릴 수 있게 되면서 열세에 고전을 거듭했듯, 이제는 브리그 족이 스피어러와 협력할 수 있게 되면서 반격의 물꼬가 텄다.

그렇다면 얼마나 신속하게 코어의 힘을 회수할 수 있는가의 문제였다.

"…그대에게 묻겠다."

"예, 말씀하십시오."

잠시 깊은 숨을 들이쉰 세비오르는 동원에게 시선을 고정시킨 채, 차분한 목소리로 물었다. 그의 눈빛에서는 날카로움이 묻어났다.

"그대를 포함한 인간들 모두를… 우리는 신뢰해도 되는가? 전심전력을 다해 그대들을 돕고 믿는다면, 인간들은 우리에게 같은 믿음과 노력으로 답해줄 수 있는가?"

"……."

그 순간, 동원은 답하려던 말을 삼키고는 생각에 잠겼다.

믿음, 그리고 신뢰.

정확한 답을 필요로 하는 세비오르에게 확답을 주기엔 동원 스스로도 고개를 갸웃거리게 하는 부분이 있었기 때문이다.

"답을 하기가 쉽진 않겠지."

동원의 망설임을 읽은 세비오르가 말했다. 그는 이미 동원에게 묻기 전에 예상하고 있었던 것 같았다.

웬만한 대화에서 필요한 질문과 답이라면 막힘없이 말하는 동원이었지만, 이번만큼은 아니었다. 그동안의 경험들이 여실히 증명해 주고 있었기 때문이다.

초창기 스피어러들은 포탈을 통제하는 영향력이 가장 큰 클랜을 선호했다. 그만큼 강해질 수 있었기 때문이다.

가온이 몰락하기 전까지만 해도 가장 많은 포탈을 통제하는 클랜이었고, 가온의 리더인 김혁수는 철저히 포탈에 대한 이권을 챙기고 보호하며 빼앗기지 않기 위해 힘썼다.

지금은 블랙 헌터를 중심으로 클랜의 질서가 재편되고, 과거와 달리 크고 작은 충돌이 거의 없는 안정화 추세이기는 했다.

하지만 좀 더 큰 그림, 그러니까 나라와 나라 사이의 관계를 보면 또 달랐다.

특히 일본 쪽의 경우에는 아직도 클랜 간의 서열 확립이

명확하지 않아, 마치 전국시대를 연상하게 하듯 계속해서 클랜 간의 경쟁이 치열하게 펼쳐지고 있었다.

스피어러들이 포탈을 넘어 아도네스 행성으로 넘어오게 되면서 그 경쟁은 더 격화됐고, 그 와중에 무리하게 전진 기지를 구축하려다가 그야말로 '싹쓸이'를 당한 클랜들도 꽤 있었다.

이런 상황에서 '믿어주십시오'라는 말은 의미가 없다.

거짓말을 하고 싶지는 않았다.

"우리는 그대들이 지금과 같은 힘을 가질 수 있도록 만들어준 존재다. 동시에 그대들을 시험대에 올려놓고, 때로는 목숨을 잃게 만들기도 했지. 모든 이들이 우리에게 우호적일 것이라고 생각하지는 않는다. 이유야 어찌 되었든 반감을 가질 수도 있겠지. 그 점은 잘 알고 있다."

"그 말씀은……."

"우리 브리그와 그대 스피어러들이 믿음으로 완벽하게 결속되지 않는다면 그들을 상대하기는 쉽지 않다. 그대들이 하나로 뭉쳐야 한다. 우리는 오래전부터 준비를 끝내왔다. 남은 것은 그대들의 몫이다."

"…알겠습니다."

무슨 말인지 동원은 충분히 이해할 수 있을 것 같았다.

세비오르는 모두가 마음과 힘을 모아 이그라드에게 대

항해야 하는 이 시점에서 '다른 생각'을 하는 인간들이 있을 가능성을 경계했다. 이 점은 동원도 생각이 비슷했다.

아도네스 행성에는 특이한 것이 많다.

특히 브리그 족의 방어 체계를 보면 그들이 제작한 코어를 이용해 꾸준히 방어가 가능하도록 설계가 되어 있었다.

그런데 이 코어의 위력은 지구에서는 아직 본 적 없는 강력한 살상력을 가지고 있었다.

동원은 그 덕분에 변이체들의 공격을 수월하게 막고, 그들의 도움을 받는다면 전진 기지를 안전하게 지킬 수 있겠다고 판단했다. 하지만……

분명 누군가는 저것을 지구로 가져가 국가에 비싸게 팔거나, 혹은 국가의 무기 체계에 적용해서 쓸 수 있으면 괜찮겠다는 생각을 했을 터.

동상이몽이 되면 세비오르가 바라는 완벽한 협력도 어려울 것이다.

"우리는 이미 오랜 시간을 지나며 약해졌다. 가장 적극적이어야 하지만 적극적일 수 없는 이유지. 우리는 그대들을 다소 떨어진 위치에서 관망하며, 제한된 협력을 하고 지켜볼 것이다. 동원, 나는 섣불리 믿는다는 말을 하지는 않는다. 하지만 그대 정도라면 충분히 그래도 될 것 같다는 생각을 하곤 했다. 내 생각이 틀리지 않도록… 그대가 중심이 되어주길 바란다."

세비오르의 말에는 무게와 힘이 실려 있었다.

동원은 고개를 숙여 그의 말에 예를 표했다.

그의 말대로라면 아직은 시간이 필요했다.

동원은 스피어러들의 의지를 하나로 묶고, 아울러 치고 나갈 수 있는 시점이 되는 시기를 S랭크가 되어 스피어의 세계에서 해방되는 시기, 그때로 보고 있었다.

이제 부지런히 스피어 시스템의 세계에서 '졸업'하는 것이 필요해졌다.

세비오르가 직접적으로 언급하지는 않았지만, 아마 '졸업'의 시기에 맞춰 한 차례 기술을 더 얻을 가능성이 매우 높아 보였다.

스피어 시스템에서 탈피하고 나면, 그때부터는 직접 이곳에서 변이체를 잡거나, 지구로 넘어온 변이체들을 상대하는 방식으로 힘을 키워야 했다.

그때가 되면 어떤 식으로 지속적인 성장을 해야 할지에 대한 것도 고민 요소 중 하나였다.

"그럼 다시 일을 매듭짓고 찾아뵙겠습니다. 변화된 힘의 위치를 느껴볼 생각입니다. 스피어가 가장 객관적으로 자세하게 알려줄 테니까요.”

“그렇게 하라. 그럼 나가봐도 좋다.”

그의 말에 동원이 세비오르에게 인사를 올리고는 밖으로 나섰다.

동원이 밖으로 향하는 동안, 세비오르는 허공에 지도를 띄워놓고는 계속해서 유심히 무언가를 살피는 모습이었다.

한눈에 보기에도 붉은 물결이 가득한 아도네스 행성.

장로의 위치에 있는 세비오르가 매번 저렇게 고민하고 있을 정도라면 과연 로드라는 사람은 어떤 생각을 하고, 또 어떤 고민을 하고 있는 걸까.

세비오르가 늘 입버릇처럼 말하던 로드의 ‘안배’라는 것은 어디까지일까?

이 모든 고민과 갈등의 여정들도 모두 그의 계산 안에 있는 것일까?

동원은 로드를 만나 보고 싶었다.

물론 대부분의 질문, 그리고 필요한 답은 장로 세비오르를 통해서도 묻고 들을 수 있었지만, 로드는 세비오르보다 더 많은 것을 자세히 알고 있을 것이기 때문이다.

하지만 아직 때가 아니라고 생각하는 것일까?

그를 만날 수는 없는 것일까?

로드는 모습을 보이지 않고 있었다.

*   *   *

"아소그에게서 얘기를 들었어요. 다음 웨이브가 얼마 남지 않은 것 같아요. 빅 웨이브보다 더 강력할 수도 있다고 하는데… 이게 분수령이 되지 않을까 싶어요."

"빅 웨이브가?"

"브리그 족에게는 그동안 이그라드의 공격을 받은 경험과 시간이 있잖아요. 그리고 코어의 충전 속도가 변이체들의 생산 횟수와 관련 있다는 데이터도 있고… 그게 이번 시기에 들어맞는 모양이에요."

"음."

"여기서 주목할 점이 있는데, 우리가 놓치고 있었던 부분이죠. 웨이브를 잘 막아내고 나면, 변이체들을 재생산하는 과정에서 이그라드 족이 필연적으로 약해지는 시점이 온다는 거죠. 바로 그때가 역공을 가하기에 최적의 시간대라는 거죠. 물론 완벽한 수비가 되었을 때의 이야기겠지만."

지구로 돌아가기 위한 포탈로 향하는 길.

서희가 조심스럽게 말을 꺼냈다.

동원도 모르고 있던 것은 아니었다.

웨이브는 주기적으로 항상 있던 일이었고, 다만 이그라드 족과 마주친 지 얼마 되지 않은 스피어러들 입장에서만 특별한 일이었을 뿐이다.

브리그 족에게는 오랜 기간 마치 예고와 함께 찾아오는 태풍처럼 늘 대비해야 하는 일이었고, 그러다 보니 자연스럽게 데이터가 쌓인 그런 상황이었다.

"시기는 언제죠?"

"일주일 뒤가 될 것 같아요."

"곧 예고가 있겠군요."

"그렇겠죠. 이번 웨이브는 전진 기지에서 막는 게 수월하겠죠?"

"브리그 족이 힘을 합쳐줄 수만 있다면, 그리고 역공의 그림을 보고 있다면 더더욱 전진 기지에서 싸워야 하죠."

동원의 생각이 깊어졌다.

각각의 특성에 내성을 지닌 변이체들이 등장하기 시작한 시점에서 굳이 그들이 포탈을 넘어오게 한 뒤, 허술한 방벽을 끼고 싸우는 것은 무의미했다.

스피어러들이 아니면 사실상 타격을 입히지 못하는 상황에서는 군대도 무의미했다.

과거 자잘한 변이체들이 넘어오거나, 다운그레이드된 형

태의 네임드가 넘어오는 것 정도는 방벽이 충분한 시간 지연의 역할을 하기는 했다.

하지만 이제는 변이체 전체의 수가 많아지고 있었고, 그들에게는 각기 내성이 주어졌다.

동원이 다량의 스피어를 들여 건틀릿을 완전히 개조한 것도 이 때문이었다.

실제로 현재 상위권에 위치한 스피어러들은 무리를 해서라도 자신이 가진 무기에 여러 가지 속성을 부여하는 작업을 하고 있었다.

물리 공격을 기반으로 하는 스피어러가 물리 내성을 지닌 변이체에 대한 대비를 해두지 않으면 그야말로 무용지물이 되기 때문이다.

그래서 규현 같은 경우도 자신이 가지고 있는 검―이세경의 검이었다가, 동원의 손에 넘어갔다가 장기 임대된 검―에 부지런히 인챈트를 하는 작업을 하고 있는 중이었다.

그리고 조만간 물리적인 공격 데미지를 마법 공격 데미지로 전환해 주는 장치도 장착할 예정이라고 했다.

이런 상황이었기 때문에 전장을 지구로 선택하는 것은 득보다 실이 많았다.

자칫 변이체들의 이동 경로를 놓치기라도 한다면 지난번

처럼 애꿎은 민간인이 납치당하거나, 혹은 살해당할 것이 분명했다.

전장은 아도네스 행성이 되어야 했다.

그리고 웨이브가 얼마 남지 않았다면, 더욱 전진 기지의 방비를 공고히 할 필요가 있었다.

문제는 과연 다른 클랜, 다른 국가의 전진 기지의 방비도 착실히 진행이 되고 있는가였다.

동원이 관리하고 있는 포탈들은 장로 세비오르의 지시 아래, 에제르와 아소그의 주도적인 움직임으로 방어선 구축 작업이 이뤄지고 있었다.

방어를 위한 감시탑이 설치되었다.

그리고 감시탑마다 위력적인 힘을 지닌 코어가 배치됐다.

뿐만 아니라 포탈에서 떨어진 주변 지형, 특히 좁은 길목이나 반드시 이동 경로로 삼아야 할 곳에도 다수의 감시탑이 구축됐다.

꼼꼼한 대비였다.

하지만 아직 대다수의 포탈은 상황이 좋지 못했다. 브리그 족과 협력도 되지 않아 그저 넘어온 것만으로도 만족하는 포탈과 클랜도 존재했던 것이다.

"바쁘게 움직여야겠군."

동원은 케인을 떠올렸다.

국가 간, 클랜 간의 정보 교환과 협력이 그 어느 때보다도 중요한 시점.

네트워크의 중심에 있는 것은 여전히 미국의 히어로즈 클랜이었고, 동원은 케인과의 대화를 서둘러야겠다고 생각했다.

*　　　*　　　*

포탈을 통과하자마자 동원은 스피어에 입장하여 퀘스트를 치렀다. 마침 시간이 딱 짜놓은 것처럼 맞았기 때문이다.

어느 정도 예상을 하고 귀환한 것이긴 하지만, 포탈을 넘어서는 시점에서 스피어의 대기 시간 카운트가 끝났다.

그에 동원은 미련 없이 입장해서 퀘스트를 치렀다.

"앞으로 퀘스트 수행 자체가 어려울 것 같지는 않군."

"오빠, 많이 변했어요?"

"힘의 수치는 정확히 두 배, 그리고 민첩성의 수치가 30% 정도 올랐어. 엄청난 변화지. 스피어로 환산하면… 계산하기도 어려울 정도로. 여기에 카운터 효과를 감안한다면 얘기는 더욱 달라지지."

"리더, 그 정도면 거의 행성 파괴 주먹이라고 해도 과언이 아니지 않습니까? 정말 전환점을 확실히 찍고 있다는 느낌이에요. 그리고 익숙해졌죠. 불과 얼마 전만 해도 현실 속에서 이런 능력을 쓰게 될 것이라고는 생각조차 못했던 때였는데……."

퀘스트를 수행하면서 동원이 느낀 것은, 예전에는 그래도 까다로웠던 퀘스트들이 이제는 어렵지 않다는 것이었다.

힘의 수치가 높아지면서 데미지가 급상승했고, 이제 더이상 스피어 속의 몬스터들은 적수가 되지 못했다.

이제부터는 시간 문제였다.

때가 될 때마다 퀘스트를 계속 챙겨주면서 빠르게 S랭크가 될 필요가 있었다.

안내자 시온의 말에 따르면, 스피어 시스템에서 '졸업'하게 되면 최종 기술이 개방된다고 했다.

그동안 오픈되지 않았던 보조 기술들이 모두 열리고, 해당 스피어러를 강화시키는 데 최종점을 찍을 기술이 등장한다고 했다.

직접적인 언급은 없었지만, 최종 기술인 만큼 기대가 됐다.

동원 본인은 무덤덤하게 행동하고 있었지만, 사실 그에

게 일어난 변화는 엄청난 것이었다.

그리고 모든 스피어러들에게 그 사실이 공지되었으니 이 상황이 조용하게 지나갈 것 같지도 않았다.

아니나 다를까.

사무실로 돌아오는 길에 회수한 동원의 핸드폰에는 수많은 부재중 메시지가 쌓여 있었다.

그중에서 가장 많은 지분을 차지하고 있는 것은 케인이었다. 김혁수의 전화도 한 통 있었다.

"김혁수 씨의 전화라……. 사무실에 정우 혼자만 있지는 않겠군."

그에게 실로 오랜만에 전화가 왔다는 게 어떤 의미인지 동원은 잘 알고 있었다.

마침 사무실에는 불이 환하게 켜져 있었고, 보이진 않았지만 그 안에서는 하나가 아닌 둘의 기척이 느껴졌다.

[경고 : 빅 웨이브(Big Wave)가 감지되었습니다. 일주일 후, 포탈을 통해 대대적인 공격이 시작됩니다.]

"시기 한번 적절하군. 바로 이 경고가 나올 줄이야."

"바빠지겠네요."

동시에 동원을 포함한 모든 스피어러에게 공지가 이루어졌다.

스피어 시스템을 통한 안내가 아닌 직접적인 안내였다.

이와 같은 경우는 흔치 않았다.

어떤 특정한 스피어러가 아주 희귀한 능력을 얻거나 모두에게 중요한 상황이 아니라면 벌어지지 않는 상황.

동원은 자신도 모르게 양쪽 주먹에 힘이 꽉 실리는 것을 느꼈다.

동시에 기다리고 있었던 사람, 김혁수의 방문을 반갑게 맞기 위해 사무실로 향했다.

『월드 플레이어』 6권에 계속…

초대형 24시 만화방

신간 100%, 샤워실, 흡연실, 수면실(침대석), 커플석, 세탁기 완비

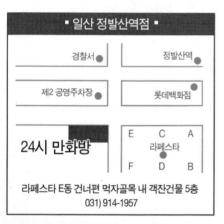

■ 일산 정발산역점 ■

라페스타 E동 건너편 먹자골목 내 객잔건물 5층
031) 914-1957

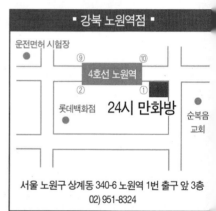

■ 강북 노원역점 ■

서울 노원구 상계동 340-6 노원역 1번 출구 앞 3층
02) 951-8324

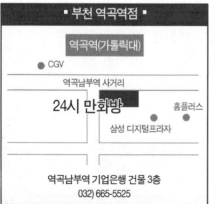

■ 부천 역곡역점 ■

역곡남부역 기업은행 건물 3층
032) 665-5525

■ 부평역점 ■

(구)진선미 예식장 뒤 보스나이트 건물 10층
032) 522-2871

내일을 향해 쏴라

김형석 장편 소설

FUSION FANTASTIC STORY

1만 시간의 법칙!
'성공은 1만 시간의 노력이 만든다' 는 뜻이다.

그러나…
사회복지학과 복학생 수.
전공 실습으로 나간 호스피스 병동에서
미지와 조우하다.

1만 시간의 법칙?
아니, 1분의 법칙!

**전무후무한 능력이 수에게 강림하다!
맨주먹 하나로 시작한 수의
인생역전이 시작된다!**

Book Publishing CHUNGEORAM

우종이 아닌 자유추구 -
WWW.chungeoram.com

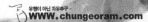

가프 장편 소설

관상왕의
1번룸

FUSION FANTASTIC STORY

거대한 도시의 그늘에서 벌어지는
짜릿하고 통쾌한 이야기!

『관상왕의 1번룸』

텐프로의 진상 처리 담당, 홍 부장.
절망적인 삶의 끝에서 만난 남국의 바다는
그를 새로운 인생으로 인도하는데…….

쾌락을 원하는 거부, 성공에 목마른 사업가,
그리고 실패로 절망한 사람들이여.

여기, 관상왕의 1번룸으로 오라!

Book Publishing CHUNGEORAM

멱운 장편 소설

FUSION FANTASTIC STORY

진공
삼국지

2세기 말 중국 대륙.
역사상 가장 치열했던 쟁패(爭覇)의
시기가 열린다!

중국 고대문학을 공부하던 전도형,
술 마시고 일어나니 도겸의 둘째 아들이 되었다?

조조는 아비의 원수를 갚으러 쳐들어오고
유비는 서주를 빼앗으려 기회만 노리는데……

"역시 옛사람들은 순수하다니까.
　유비가 어설픈 연기로도 성공한 데는 다 이유가 있지, 암."

때로는 군자처럼, 때로는 효웅처럼!
도형이 보여주는 난세를 살아가는 법!

Book Publishing CHUNGEORAM

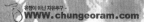

유행이 아닌 자유추구 -
WWW.chungeoram.com

이경영 판타지 장편소설

FANTASY FRONTIER SPIRIT

그라니트

용들의 땅

GRANITE

사고로 위장된 사건에 의해 동료를 모두 잃고 서로를 만나게 된 '치프'와 '데스디아'.
사건의 이면에 상식을 벗어난 음모가 있음을 알게 된 둘은
동료들의 죽음을 가슴에 새긴 채 각자의 고향으로 돌아간다.
2년 후, 뜻하지 않게 다시 만난 두 사람은 동료들의 복수를 위해
개척용역회사 '그라니트 용역'을 설립해 다시금 그 땅을 찾게 되는데……

용들이 지배하는 땅 그라니트!
그곳에서 펼쳐지는 고대로부터 이어지는 운명적 만남,
깊어지는 오해, 그리고 채워지는 상처.

『가즈 나이트』시리즈 이경영 작가의 미래형 판타지 신작!

Book Publishing CHUNGEORAM

유행이 아닌 자유추구 -
WWW.chungeoram.com

니콜로 장편 소설

FUSION FANTASTIC STORY

마왕의 게임

『경영의 대가』,『아레나, 이계사냥기』
니콜로 작가의 신작!

『마왕의 게임』

마계 군주들의 차열한 서열전.
궁지에 몰린 악마군주 그레모리는 불패의 명장을 소환하지만…….

"거짓을 간파하는 재주를 지녔다고?"
"그렇다, 건방진 인간!"
"그럼 이것도 거짓인지 간파해 보아라."

"-나는 이 같은 싸움에서 일만 번 넘게 이겨보았다."

e스포츠의 전설 이신, 악마들의 게임에 끼어들다!

Book Publishing CHUNGEORAM

유행이 아닌 자유추구 -
WWW.chungeoram.com